LES VERTIGES DE LA TUEUSE

BRIGADE MONDAINE : Je souhaite recevoir :
– le catalogue général
– les volumes cochés ci-dessous au prix de 6 € l'unité, soit :
N°.................................... livres à 6 € , = €
+ frais de port = €
(1 vol. : 1,50 ,, 2 à 3 vol. : 3,50 ,, 4 vol et plus : 5 ,)
TOTAL(ajouter à TOTAL abonnements) =............€

13 LA CROISIÈRE INTERDITE
14 LE HAREM DE MARRAKECH
15 LA MAISON DES MAUDITES
16 LA PERMISSION DE MINUIT
17 LES CAPRICES DE VANESSA
18 LA VIPÈRE DES CARAÏBES
19 LE VOYOU DE MONTPARNASSE
20 LES FILLES DE MONSEIGNEUR
21 LA NUIT ARABE DE MONACO
22 LA FERMIÈRE DU VICOMTE
23 LA PUNITION DE L'AMBASSADEUR
24 LA SECTE DES AMAZONES
25 LES SIRÈNES DE L'AUTOROUTE
26 LE BOUDDHA VIVANT
27 LA PLANCHETTE BULGARE
28 LE PRISONNIER DE BEAUBOURG
29 LES ESCLAVES DE LA NUIT
30 LES POUPÉES CHINOISES
31 LES SACRIFIÉS DU SOLEIL
32 L'EXÉCUTRICE
33 LA PRÊTRESSE DU PHARAON
35 LES FANATIQUES DE LA VIDÉO
37 SOSIES SUR MESURE
212 L'ENLÈVEMENT DES SABINES
213 LA NUIT DU TOP MODEL
214 LA MADONE DES CHANTIERS
215 LES SERVANTES D'APHRODITE
217 LA DOUBLE VIE DU PATRON
218 LA FORTERESSE DES VOLUPTÉS
219 L'ALCHIMISTE DU DÉSIR
220 LES TROPHÉES DU GUERRIER
221 LES VEUVES NOIRES DU GOLF
222 LE SWING DE LA COMTESSE NOIRE
223 LA JUSTICIÈRE DE STRASBOURG
224 LES COULISSES DU POUVOIR
225 LA MUSE DU PEINTRE FOU
226 LE FANTASME DU MANNEQUIN
227 LA FÉE DES SANS-LOGIS
228 LA THALASSO DU PLAISIR
229 LE PURGATOIRE DES ANGES DÉCHUS
230 LES GLADIATEURS DE MESSALINE
231 SOURICIÈRE POUR UNE CALL-GIRL
232 L'AUTOROUTE DU CYBERSEXE
233 PIÈGE À FILLES AU MONT VENTOUX
234 LE FANTASME DU VIOLONCELLE
235 HÔTESSE SPÉCIALE POUR JET PRIVÉ
236 LE MAUVAIS ANGE DE SYDNEY
237 LA FAUSSE PISTE DE COURCHEVEL
238 LA VIERGE GOTHIQUE
239 LE CLUB DES ÉNARQUES
240 LES PENSIONNAIRES DU PARADIS
241 L'ÉQUIPÉE SAUVAGE
242 FILLES PERDUES EN ALASKA
243 LA PRINCESSE DU NÉANDERTHAL
244 LE JEU DU CÉLIBATAIRE
245 LA SPÉCIALITÉ DU CHEF
246 LES VOYEURS DU WEB
248 LA REINE DES DOMINATRICES
249 LA CLINIQUE DU PRINCE CHARMANT
250 LA PREMIÈRE DE LA CLASSE
252 LES PILULES D'AMOUR
253 JUMEAUX ET JUMELLES
255 DRESSEES ET REBELLES
256 LE DÉSHONNEUR DU JUGE
258 LE FANTASME DU BALLON OVALE
259 LES JEUX DU DIVIN MARQUIS
260 LA STAR DU X
262 LES FLAMMES DE L'AMOUR
263 LA ROSIÈRE DE BAGATELLE
264 LE LION DE VENISE
265 LA VENGEANCE DE L'INFIRME
267 POLONAISE SUR CHARBONS ARDENTS
268 LA GAZELLE AU PIEGE
269 AU BONHEUR DES HOMMES
270 LE CHEMIN DES ECOLIERES
271 LE PREDATEUR DE LA HAUTE BANQUE
272 PRINCESSE VAUDOU
274 L'AMANT DE GLACE
275 TRAQUENARD POUR FEMMES SEULES
276 LE VICE DANS LA PUB
277 LES COMBATTANTES DU RING
278 FANTASMES AU MUSÉE
279 LE MAÎTRE DES PLIEUX
280 DANS LA MAIN D'EROS
281 LE PRÉDATEUR DES BLOGS
282 SEXOTHÉRAPIE DE CHOC
283 DRESSAGE EN REGLE

Les dossiers Brigade Mondaine de cette collection sont fondés sur des éléments absolument authentiques. Toutefois, pour les révéler au public, nous avons dû modifier les notions de temps et de lieu ainsi que les noms des personnages.

Par conséquent, toute ressemblance avec des personnes existantes ou ayant existé serait totalement involontaire et ne relèverait que du hasard...

ISBN : 978-2-7443-1448-3

MICHEL BRICE

BRIGADE MONDAINE

LES VERTIGES DE LA TUEUSE

VAUVENARGUES

Chapitre premier

Au moment précis où Apolline Vinteuil tournait le coin de la rue de Clichy, elle sentit son cœur se mettre à battre un peu plus fort, dans sa poitrine menue.

Et si l'homme avec lequel elle avait rendez-vous, dans la grande brasserie de la place de Clichy, avait finalement décidé de lui faire faux bond ?

La jeune femme aux longs cheveux noirs, à la silhouette élancée, continua d'avancer sur le trottoir en pente légèrement descendante, sans paraître voir les nombreux passants entre lesquels elle était obligée de louvoyer.

Apolline respira deux ou trois fois à fond, histoire de retrouver tout son calme. Cette maîtrise d'elle-même qui, par trois fois déjà, lui avait valu les plus parfaits succès dans l'entreprise qu'elle avait décidé de mener à bien. Et que rien ne lui ferait abandonner avant terme.

Il n'y avait aucune raison que celui qu'elle allait rejoindre ait finalement préféré se dérober. Lors de leur première et unique rencontre, trois jours plus tôt, elle avait très bien senti qu'il était solidement accroché.

Il faut dire qu'avec son visage triangulaire, à la peau très pâle, mangé par deux immenses yeux bleus, capables de virer au violet lorsque la colère l'empoignait, avec ses hanches étroites et ses petits seins fermes, une silhouette qui la faisait paraître cinq ou six ans de moins que ses 33 ans réels, Apolline Vinteuil laissait rarement les hommes indifférents.

L'inverse n'était pas vrai, en revanche. À l'exception d'un nombre restreint et précis de ses membres, Apolline se fichait complètement des mâles de l'espèce.

Et, justement, celui avec qui elle avait rendez-vous, qui devait déjà l'attendre puisqu'elle avait fait exprès d'être en retard d'une bonne dizaine de minutes, celui-là faisait partie des hommes auxquels Apolline Vinteuil s'intéressait. Au point, même, de ne plus penser qu'à eux, jour et nuit.

Mentalement, tout en continuant d'avancer en zigzag sur le trottoir, la jeune femme se repassa la « fiche » de son rendez-vous.

Philippe Lenobres. Gastro-entérologue de son

état. 44 ans, taille moyenne, empâté, petits yeux porcins d'un bleu délavé, lèvres molles, teint grisâtre. Petites mains grassouillettes aux doigts boudinés.

Rien qui, a priori puisse transporter d'enthousiasme érotique une jeune femme superbe de dix ans plus jeune, et qui n'avait quasiment qu'à se baisser pour ramasser des partenaires beaucoup plus attirants.

Pourtant, c'était Philippe Lenobres qui intéressait Apolline Vinteuil, à l'exclusion de tout autre.

Et elle savourait déjà, par anticipation, le plaisir sexuel qu'il allait immanquablement lui donner.

Sans même être capable d'en deviner la raison profonde – et heureusement…

Appoline parvint enfin à hauteur de la grande vitrine de la brasserie de la place Clichy, à demi emplie par les buveurs d'apéritifs attardés et par les premiers dîneurs. Il était un peu plus de huit heures. La nuit était tombée depuis longtemps sur Paris, et il régnait un petit froid humide, qui n'avait rien d'étonnant, en ce début de novembre.

Apolline Vinteuil repéra tout de suite Philippe Lenobres, bien qu'il eût choisi de s'installer dans l'encoignure située entre le comptoir des desserts et la rampe de l'escalier conduisant aux toilettes du sous-sol.

Elle eut un petit sourire froid en voyant l'air dégagé qu'il s'efforçait de prendre pour faire semblant de lire *Le Monde*, alors que ses petits yeux porcins ne cessaient d'aller et venir dans toutes les directions, à la recherche de la femme, de la « proie » qu'il attendait.

Apolline se dit que, avant lui, les trois autres avaient eu exactement la même attitude…

Après une ultime seconde d'hésitation, la jeune femme prit une profonde inspiration et poussa la porte à demi embuée de la brasserie.

Froidement consciente de plonger dans une sorte d'enfer. Dans son enfer.

*

* *

Comme si une sorte de sixième sens l'avait averti, Philippe Lenobres releva la tête de son journal et tourna ses yeux vers l'entrée de l'établissement, juste au moment où y pénétrait celle qu'il attendait, sans trop oser espérer sa venue.

Il passa une paume grassouillette et perpétuellement moite dans ses cheveux rares et filasse, avant de s'extirper un sourire de bienvenue en direction de la jeune femme brune qui s'avançait vers sa table, d'une démarche souple et dansante, presque féline.

– Je suis très heureux de vous voir, chère amie, dit-il en esquissant un vague mouvement pour se lever de la banquette de moleskine rouge. Je finissais par craindre que vous ne vinssiez plus…

Tout en s'installant à sa droite, plutôt que sur la chaise en face, Apolline retint le petit sourire de mépris qui montait à ses lèvres naturellement rouges.

Si elle avait été dans un rapport « normal » avec Philippe Lenobres, la remarque qu'il venait de faire aurait suffi à ruiner toutes les espérances érotiques du malheureux. Car, pour Apolline Vinteuil, les choses étaient toujours bien tranchées. Si Lenobres avait peur qu'elle lui fasse faux bond, c'est qu'il *admettait* qu'on puisse lui faire faux bond. Donc, il *méritait* qu'on lui fasse faux bond. Ce qu'elle n'aurait pas manqué de faire, en d'autres circonstances.

Et puis, cet imparfait du subjonctif, comme s'il cherchait à l'impressionner, à l'éblouir avec ce genre de « beau langage » complètement désuet…

À peine assise, Apolline se releva, avec un sourire qui se voulait chaleureux :

– Je dois vous abandonner un court moment : vous seriez gentil de me commander un whisky sans glace…

Sa voix était chaude, assez grave, enveloppante comme une promesse, qui fit frissonner Lenobres.

Il n'en revenait encore pas de la chance qui lui était tombée dessus trois jours plus tôt.

Philippe Lenobres n'était pas assez aveugle ni assez sot pour s'imaginer qu'il était doté d'un physique susceptible de faire tomber les femmes dans ses bras.

Il était même objectivement persuadé du contraire, notamment chaque matin, lorsqu'il s'observait dans la glace murale de sa salle de bain de célibataire.

Des femmes, il en avait eues, bien sûr. Et, à 44 ans, en jouant plus ou moins sur le peu de prestige que conférait encore le statut de médecin spécialisé, il se doutait qu'il en aurait encore. De temps en temps.

Mais elles ressembleraient forcément à celles qu'il avait déjà eues : ni très jeunes, ni très attirantes, ni très malignes. Des plus ou moins laissées pour compte, comme lui.

Alors que, là…

Jamais, du plus loin qu'il tâchait de se souvenir, Philippe Lenobres n'avait possédé un joyau féminin aussi parfait et étincelant qu'Apolline Vinteuil.

Ou alors, peut-être, dans les années de beuveries de sa jeunesse. Mais, dans ce cas, il était bien incapable de se le rappeler. Et quelque chose lui murmurait que les superbes plantes comme Apolline ne fréquentaient pas les pochtrons de bar de son espèce d'alors…

Non, des filles « canons » de ce type, Philippe Lenobres s'était, au fil du temps, plus ou moins résigné à n'en jamais connaître une seule. Ou seulement de loin. Ou encore en payant, ce qui répugnait à son avarice naturelle et à une sorte d'amour-propre masculin.

C'est alors qu'Apolline Vinteuil avait fait irruption dans sa vie, avec l'impétuosité imprévisible d'une tempête.

Il était presque sept heures du soir. Philippe Lenobres se trouvait, comme chaque jour, dans son cabinet de gastro-entérologue, qui occupait la moitié du rez-de-chaussée de sa maison de Suresnes – maison qu'il avait héritée d'une tante sans descendance et bien disposée à son égard. Il ne lui restait plus qu'un patient à voir et, du coup, il avait autorisé Audrey, son assistante, à rentrer chez elle.

Lorsque le médecin avait ouvert la porte de la salle d'attente, les immenses yeux bleus et la bouche pleine et rouge d'une jeune femme inconnue lui avaient littéralement sauté au visage, lui coupant presque la respiration.

La brune au corps de liane s'était aussitôt levée et s'était avancée jusqu'à lui, d'une démarche souple et silencieuse, en le maintenant sous le feu intense et fixe de ses deux lasers azuréens.

– Docteur, pardonnez-moi d'être venue sans rendez-vous, ni même un coup de téléphone, mais j'ai été prise brusquement de douleurs aiguës dans le ventre, alors que je sortais de chez une amie qui habite à deux rues d'ici…

Voilà ce qu'elle lui avait dit, de sa voix chaude et calme, avant même qu'il ait eu le temps d'ouvrir la bouche. Le docteur Lenobres était tellement fasciné qu'il avait failli faire entrer Appoline Vinteuil directement dans son cabinet, en oubliant totalement Gérard Belsunce, son patient de sept heures, qui attendait tranquillement son tour en feuilletant le dernier numéro du *Figaro Magazine*.

Le pauvre Gérard Belsunce, un retraité de l'EDF qui consultait tous les six mois depuis presque dix ans, ne comprit pas bien pourquoi, cette fois-ci, le docteur Lenobres, « pourtant si consciencieux d'habitude », l'expédiait aujourd'hui avec une telle hâte brouillonne.

Enfin, après avoir réglé son affaire à l'ex-électricien, muni d'un renouvellement d'ordonnance hâtivement griffonné, Philippe Lenobres avait enfin pu faire entrer sa mystérieuse patiente brune dans son cabinet.

Sans même s'en apercevoir, il ne cessait d'essuyer machinalement ses petites mains grasses et moites sur les côtés de sa blouse blanche.

Ce n'est que lorsqu'ils furent installés de part et d'autre du large bureau que le médecin s'aperçut que sa patiente était vêtue d'un jean noir très serré, mettant parfaitement valeur ses jambes interminables, et d'un tee-shirt vert clair, qu'elle venait de découvrir en ôtant son blouson doublé.

Philippe Lenobres lui posa les questions habituelles, à propos des douleurs qu'elle ressentait, de leur nature, leur fréquence, leur localisation, etc., sans à peine écouter les réponses. Enfin, quittant son fauteuil de cuir à roulettes, il prononça la phrase magique :

– Bien, si vous voulez ôter votre tee-shirt et vous allonger sur le dos, nous allons procéder à un premier examen...

Face à lui, sans le quitter des yeux, en souriant imperceptiblement, sa patiente fit passer son vêtement par-dessus sa tête. Et Philippe Lenobres reçut un coup au plexus en constatant qu'elle ne portait pas de soutien-gorge.

Ses seins étaient plutôt petits, mais parfaitement galbés, fermes, et nantis de deux aréoles incarnates, à la régularité parfaite.

Dans son trouble, le médecin parvint tout de même à noter que les pointes en étaient érigées, ce qui ne contribua pas à ramener le calme dans son esprit.

Il resta muet de stupeur en voyant sa patiente, avec le même naturel, et toujours sans le quitter des yeux, se débarrasser de son pantalon et apparaître uniquement vêtue d'une petite culotte de dentelle blanche, sous laquelle se devinait nettement le renflement touffu et sombre du pubis.

– Vous aurez plus de liberté de mouvement comme ça… murmura Apolline, avant de s'allonger avec grâce sur la table d'auscultation.

Parvenant à grand-peine à réprimer le tremblement de ses mains, Philippe Lenobres commença à palper le ventre plat et ferme de sa patiente, afin de tenter de localiser les douleurs qu'elle disait ressentir.

Mais, bizarrement, les douleurs en question semblaient impossibles à localiser, justement…

La jeune femme, dont la lourde crinière brune s'étalait en corolle autour de sa tête, de son cou et ses épaules nues, avait fermé à demi les yeux. Il sembla au docteur que sa respiration s'était légèrement accélérée, mais peut-être était-il victime de son imagination et du désir qui s'était emparé de lui dès qu'il l'avait vue.

Tout en continuant de palper la peau veloutée et frémissante d'Apolline, Lenobres se félicitait de porter une blouse, contrairement à un certain nombre de ses confrères, qui détestaient cela.

Sinon, sa patiente n'aurait pas manqué de remarquer la bosse qui tendait le devant de son pantalon de lin…

– Je vous fais mal, là ? souffla le médecin, alors qu'il la palpait au niveau du foie.

– Non, pas du tout, docteur… avait murmuré Apolline. Au contraire…

Là, Philippe Lenobres crut qu'il était en train de devenir fou. Encore plus lorsqu'il vit sa patiente se mordre la lèvre inférieure, comme si elle cherchait à retenir le soupir qui montait des profondeurs de sa gorge.

Malgré lui, les mains du gastro-entérologues délaissèrent l'abdomen de sa patiente pour remonter insensiblement vers ses petits seins aux pointes dardées vers lui.

Il en atteignait le doux renflement lorsqu'Apolline s'était brusquement redressée, le feu aux joues.

– Docteur, je… je crois qu'il vaut mieux mettre fin à cet examen… avait-elle soupiré, d'une voix presque mourante. Au moins pour aujourd'hui : je ne sais pas pourquoi mais je me sens toute chose, d'un coup…

– Voulez-vous que nous prenions un rendez-vous pour ces prochains jours ? avait trouvé la présence d'esprit de bafouiller Philippe Lenobres.

Apolline Vinteuil, dont le cerveau continuait de

fonctionner parfaitement, malgré le trouble réel qu'elle ressentait, lui avait alors porté l'estocade :

– Volontiers, docteur… mais je préférerais qu'il ait lieu ailleurs qu'ici… ce rendez-vous…

C'est ainsi que, trois jours plus tard, sans avoir encore bien compris ce qui lui arrivait, le docteur Philippe Lenobres se retrouvait à commander un whisky sans glace pour une superbe créature brune qui, d'un instant à l'autre, allait remonter des toilettes de la brasserie.

Et, de fait, elle apparut. Souriante, belle à se damner, comme déjà offerte. Le médecin remarqua qu'elle avait remis un peu de rouge brillant sur ses lèvres, ce qui lui parut d'excellent augure pour la suite.

Lorsque, une fois assise près de lui, Apolline saisit son verre d'alcool pour le porter à ses lèvres, Lenobres eut le réflexe professionnel de noter que ses doigts, aux ongles impeccablement manucurés, étaient pris d'un très léger tremblement. Une *trémulation*, comme on disait en langage médical. Mais il l'oublia aussitôt.

Pour la bonne raison que, sous la table, le genou de la jeune femme venait de se coller contre le sien. Avec une insistance qui ne laissait aucune place au hasard.

Pris d'une audace dont il ne se serait pas cru capable, le médecin glissa sa main sous la petite table et la posa doucement sur la cuisse pleine de la jeune femme, qu'il entreprit de caresser. Doucement d'abord, comme s'il craignait d'être repoussé, ainsi qu'il lui était souvent arrivé, puis avec de plus en plus de fièvre.

Lorsque ses doigts cherchèrent à s'insinuer sous la jupe de cuir noir moulante qu'elle avait choisi de porter ce soir, Apolline lui saisit doucement la main pour l'écarter de son bas, également noir.

– Je n'aime pas me donner en spectacle dans les lieux publics… murmura-t-elle, en reposant la main masculine sur la cuisse de son voisin.

Ce faisant, comme par mégarde, elle effleura du dos de sa propre main la protubérance dure qui pointait à travers le pantalon de Philippe Lenobres. Déclenchant chez lui un violent et bref tressaillement de tout le corps, ainsi qu'un gémissement sourd et plaintif.

L'esprit complètement perturbé par le désir qui le possédait de plus en plus, il bafouilla stupidement :

– Où souhaitez-vous aller dîner, très chère ?

Il était tellement troublé qu'il ne remarqua pas le bref sourire froid, méprisant, qui, l'espace d'une fraction de seconde, déforma le bas du visage d'Apolline Vinteuil, la rendant fugitivement presque laide.

Elle vida son verre de whisky d'un mouvement brusque et le reposa un peu trop violemment sur la table. Ses doigts ne tremblaient plus.

– Je ne tiens pas spécialement à dîner… soupira-t-elle, en posant négligemment sa main sur l'avant-bras de son voisin. On ne pourrait pas plutôt aller boire un verre chez vous ?

Apolline eut un petit rire empreint d'une coquetterie un peu forcée et ajouta :

– À condition que l'on puisse entrer discrètement chez vous, bien sûr : je ne tiens pas à détruire ma bonne réputation de jeune femme comme il faut !

Croyant à une plaisanterie, Lenobres se crut obligé d'émettre un petit rire niais, sans voir que le regard de la jeune femme le scrutait avec une attention si intense que ses prunelles avaient viré au violet.

– Pas de problème, assura-t-il, prenant un ridicule ton de voix « mâle protecteur ». On va y aller par la petite rue donnant sur l'arrière du jardin, et on rentrera directement la voiture au garage…

– Eh bien, allons-y ! décréta Apolline Vinteuil en se levant, d'une voix un peu plus tranchante, un peu plus dure qu'elle ne l'aurait souhaitée.

C'est seulement lorsqu'elle fut debout que Philippe Lenobres s'avisait qu'elle portait, en bandoulière à l'épaule droite, un volumineux sac de cuir noir.

– Je suis garé tout près… crut-il bon d'indiquer, tout en tenant la porte de la brasserie à sa compagne.

Il ne remarqua pas son bref haussement d'épaules. Lorsqu'il voulut passer son bras autour de ces mêmes épaules, elle se dégagea sans douceur.

– De la discrétion, j'ai dit ! siffla-t-elle, d'une voix qu'il reconnut à peine.

Mais, dans la seconde suivante, Apolline retrouva son ton caressant et son sourire prometteur :

– Excuse-moi, mon chéri, mais j'ai vraiment horreur du regard des autres sur moi… Attendons d'être seuls… Bien tranquilles, juste toi et moi…

Philippe Lenobres crut qu'il allait défaillir de bonheur avant même d'atteindre la portière de son coupé BMW.

Une vingtaine de minutes plus tard, la luxueuse voiture pénétrait dans un jardin qui parut assez vaste et très sombre à Apolline. Elle nota avec satisfaction que la propriété de Philippe Lenobres était entourée de hauts murs, ce qui interdisait aux maisons voisines de voir ce qui s'y passait.

Dans le double pinceau des phares blancs, se dessinait la masse sombre et carrée d'une maison bâtie sur trois niveaux – maison dite « bourgeoise », comme il en existait des centaines, et même des milliers, dans toutes les banlieues un peu chic de la région parisienne.

La porte métallique du garage latéral s'ouvrit automatiquement lorsque le mufle de la voiture s'en approcha et se referma de la même manière derrière elle.

– Voilà, à présent, nous sommes seuls au monde, toi et moi ! souffla Lenobres en coupant le contact.

Cette simple phrase suffit à faire naître une boule de chaleur intense au creux du ventre d'Apolline. Une chaleur qu'elle connaissait bien. Dont elle savait ce qui venait de la provoquer. Un phénomène à la fois délicieux, irrésistible et pourtant un peu effrayant.

Fugitivement, l'image du visage d'ange de Damien s'imposa devant ses yeux, à cause de cette chaleur précisément, mais elle la chassa avec énergie.

Elle ne devait pas penser à Damien. Pas maintenant. Après... Quand elle aurait accompli sa mission de ce soir... Sinon, il risquait de tout ficher par terre...

Déjà hors de la voiture, Philippe Lenobres se retourna, surpris de constater que sa compagne d'un soir tardait à en descendre. Il fut encore plus étonné de la voir enfiler les gants de peau très fins qu'elle venait d'extraire de son grand sac fourre-tout.

Il ouvrit la bouche pour poser une question, mais Apolline le devança, un sourire gourmand sur ses lèvres pulpeuses et légèrement humides :

– Ça fait partie du plaisir... murmura-t-elle d'une voix rauque, tout en descendant de la BMW. C'est mon petit fantasme à moi, ça, les gants... Tu vas voir, mon chéri, je suis sûre que tu vas adorer.

La démarche un peu raide et le cœur battant, le regard fixe, Lenobres guida sa conquête jusqu'au salon bibliothèque, situé au rez-de-chaussée et dont les deux hautes fenêtres donnaient sur l'arrière du petit parc, contrairement à celle du cabinet et de la salle d'attente qui regardaient vers le perron de pierre et la rue principale.

Tandis que le maître de maison allait d'un bout à l'autre de la grande pièce rectangulaire afin d'allumer quelques-unes des lampes qui s'y trouvaient disposées, Apolline examina rapidement le salon où elle venait de pénétrer. Un petit rictus de condescendance retroussa sa lèvre supérieure.

C'était tout ce qu'elle détestait, qu'elle méprisait : ce luxe mesuré, « comme il faut », ces rayonnages de livres coûteux que personne n'ouvrait sans doute jamais, ces canapés et fauteuils de cuir rutilants, ces guéridons, ces lampes et ces bibelots probablement achetés sur les conseils d'un décorateur professionnel, sans aucune intervention du goût personnel du maître des lieux, juste pour se conformer à son standing professionnel et social.

Durant une fraction de seconde, Apolline Vinteuil eut envie de tourner les talons et de fuir cet endroit qui la faisait vomir. Mais la mission qu'elle devait accomplir s'imposa de nouveau à son esprit. Avec suffisamment de force pour l'empêcher de suivre son impulsion première.

Elle se laissa glisser dans l'un des profonds canapés qui lui tendaient les bras, en repliant une jambe sous elle, afin d'offrir une vue imprenable sur ses cuisses gainées de soie à Lenobres qui revenait vers elle.

Après avoir allumé plusieurs lampes soigneusement tamisées, il avait glissé un disque dans le lecteur de CD de la mini-chaîne Bose qui trônait sur le dessus de la cheminée. Depuis, l'appareil diffusait en sourdine des ballades de jazz, mais dans des arrangements sirupeux et lourds à la fois, inauthentiques à faire hurler, dominés par un saxophone ténor dégoulinant de guimauve frelatée.

« Le genre de merde conçue exprès pour que les vieux connards moches puissent espérer faire craquer les pauvres jeunes idiotes que l'appât du gain a attirées jusqu'ici... », songea Apolline, tout en souriant à Lenobres, qui, la surplombant, dévorait son corps du regard.

De toute façon, la jeune femme s'en fichait : ce n'était pas l'argent qui l'avait attirée jusque chez Philippe Lenobres. Pas plus que le goût du plaisir sexuel, même si elle comptait fermement prendre le sien au passage.

– On pourrait peut-être se prendre un verre ou deux, histoire de se détendre... suggéra-t-elle, après avoir passé une pointe de langue rose sur ses lèvres.

Le maître de maison eut un petit sourire d'excuse, ou perçait une pointe de fierté :

– Je suis vraiment désolé, très chère, mais je ne bois jamais une goutte d'alcool ! D'ailleurs, avons-nous réellement besoin de ça ?

Il s'assit contre elle et entoura ses épaules de son bras pour l'attirer vers lui.

Apolline dut détourner brusquement la tête pour dissimuler l'air violemment contrarié que la réponse de Lenobres venait de faire naître sur son visage.

– Eh bien, moi, j'en ai besoin ! gronda-t-elle, sans parvenir à dissimuler complètement l'agressivité de sa voix.

Au prix d'un violent effort sur elle-même, elle parvint à reprendre une figure normale. Et c'est de nouveau souriante qu'elle se tourna vers son partenaire.

– J'ai besoin de me détendre, de me débloquer un peu… minauda-t-elle, avec un petit sourire penaud. Vous devez savoir comment sont les femmes…

Le fait que l'on puisse supposer qu'il connaisse les femmes à ce point emplit Lenobres d'une sotte fierté. Du coup, il oublia de s'étonner de la réaction plutôt brutale de sa « conquête ». Il se releva et s'inclina ridiculement devant elle :

– Qu'est-ce qu'il vous ferait plaisir que je vous serve, sublime demoiselle ?

« Grotesque phraseur de merde ! » songea Apolline, sans cesser de lui sourire.

– Quelque chose de fort et sans glace, répondit-elle, en repoussant ses longs cheveux derrière son épaule, d'un geste sensuel de sa main gantée.

Elle suivit Lenobres des yeux, tandis qu'il se dirigeait vers un petit meuble d'angle en acajou. Du canapé, Apolline enregistra avec une certaine satisfaction que le meuble en question était aux trois quarts rempli par diverses bouteilles d'alcool, de différentes couleurs.

En tout cas, il y avait largement de quoi accomplir ce qu'elle appelait son « plan B », celui qui lui avait déjà servi une fois, avec un qui ne buvait plus non plus.

– Glenfiddich ? proposa le médecin sans se retourner, une bouteille à la main.

– Ce sera parfait, répondit distraitement Apolline, dont les regards parcouraient les rayonnages de la bibliothèque, à la recherche d'un ouvrage précis.

Mais elle s'aperçut très vite qu'il faisait trop sombre dans la grande pièce pour qu'elle puisse espérer le repérer d'où elle se trouvait.

Tandis que Lenobres revenait vers elle, elle se dit qu'il lui faudrait donc repasser par ici, « après »...

Il lui tendit le verre en cristal taillé, qu'il avait empli à peine au quart de sa contenance. Heureusement, il avait également rapporté la bouteille.

Apolline but quasiment d'un trait le whisky servi et tendit son verre d'un mouvement sans réplique. Lenobres la resservit, un peu plus généreusement cette fois.

Il la regardait avec une lueur trouble dans le regard, sur laquelle la jeune femme ne se méprit pas.

« Toi, mon salaud, tu es en train de te dire que quand je serai saoule, tu n'auras plus aucune raison de te gêner avec moi pour faire tes petites saloperies ! »

Tout en buvant une gorgée supplémentaire, Apolline eut envie de rire. Les autres aussi, avant ce porc suintant, s'étaient fait le même raisonnement, elle le savait très bien.

Ce qu'ils ne savaient pas, c'est qu'elle n'était que très rarement saoule. En tout cas, jamais lorsqu'elle avait des témoins.

Et ce qu'ils ignoraient aussi, ces répugnants salauds, c'est qu'elle avait besoin de boire. C'était absolument indispensable, si elle voulait mener à bien sa mission…

Il ne fallait pas que sa main tremble.

Du reste, l'alcool commençait à produire le double effet auquel Apolline était désormais habituée. D'une part, elle sentait son esprit devenir de plus en plus lucide et ses gestes de plus en plus précis.

D'autre part, il y avait cette sourde excitation érotique qui commençait d'irradier doucement, au profond de son ventre, et qui, elle le savait parfaitement, n'allait plus faire que croître jusqu'à l'explosion finale.

Jusqu'au sacrifice libérateur.

En maintenant Philippe Lenobres sous le feu de son regard d'un bleu intense, la jeune femme décroisa lentement ses jambes et écarta les genoux. La vision de ses cuisses gainées de soie, puis de la bande de chair laiteuse, au-delà de la limite supérieure des bas sombres fit s'empourprer le visage mou et luisant du médecin. Il émit un petit gargouillis glaireux que, en des circonstances normales, Apolline Vinteuil aurait trouvé parfaitement répugnant.

Mais elle n'était plus en des circonstances normales. Elle n'était même plus tout à fait Apolline Vinteuil. Elle ne s'appartenait plus.

Elle était devenue le bras armé de Damien. La vengeance sans pitié, surgie des profondeurs de la terre et de l'oubli. L'ange exterminateur…

Philippe Lenobres esquissa un mouvement, celui de s'asseoir près d'elle, sur le canapé.

– Non !

La voix d'Apolline avait claqué, sèche, impérieuse, et en même temps lourde d'excitation.

Comme le médecin demeurait stupidement immobile, en équilibre instable entre la position debout et assise, Apolline se fit plus claire, quant à ses exigences.

– À genoux ! ordonna-t-elle, d'une voix plus rauque, tout en écartant davantage les genoux, afin que ses intentions soient aussi claires que possibles.

Elle `comptait bien mener le jeu comme elle l'entendait. Et, si elle voulait conduire ce minable où elle souhaitait l'amener, comme elle l'avait fait avec les autres, avant, il fallait qu'elle assure son autorité sur lui d'entrée.

De fait, Philippe Lenobres se laissa tomber entre

ses cuisses ouvertes, sur l'épais tapis chamarré de rouge et d'argent, et son visage luisant vira à l'écarlate.

Écarlate qui tourna au violacé, lorsque ses petits yeux porcins purent constater que, contrairement à leur première rencontre, Apolline n'avait pas cru bon mettre une culotte et que le buisson noir et touffu qu'il n'avait pu que deviner, dans son cabinet, s'étalait à présent juste devant lui, comme offert impudiquement à sa convoitise.

Il avança la tête pour poser ses lèvres molles sur la peau laiteuse, au-delà de la lisière des bas, mais Apolline le prit de court. Elle leva la jambe droite, posa la plante de son pied sur la poitrine de son partenaire et le repoussa assez durement. Surpris, il s'écroula sur le tapis, l'air hébété.

– Ne va pas trop vite ! dit Apolline, d'une voix tranchante. C'est moi qui décide de tout, d'accord ? Sinon, je m'en vais immédiatement ! Je suis bien claire ?

Philippe Lenobres ne savait plus du tout où il en était. Jamais encore une femme ne lui avait parlé comme ça, ne l'avait traité comme ça. Mais, au lieu d'en prendre ombrage, d'en ressentir de la colère, il réalisait que c'était exactement cela qu'il avait toujours espéré connaître.

Une vraie, une authentique maîtresse. Qui saurait

le guider, le prendre en charge, lui imposer ses désirs les plus profonds, ses fantasmes les plus secrets. Qui le forcerait à obéir au moindre de ses ordres, commc on le fait avec un petit chien bien dressé et docile en tout.

– Que dois-je faire? bafouilla-t-il d'une voix humble, en la regardant par en dessous, avec des yeux battus. Dites-moi quels sont vos ordres et je…

– Bon, je préfère te voir comme ça! le coupa Apolline, avec un petit sourire teinté de mépris.

Lenobres prit conscience qu'elle était passée au tutoiement et il en conçut une excitation nouvelle. L'impression que cette superbe fille brune grandissait sans cesse, cependant que lui ne faisait que rapetisser…

– Je veux que tu me lèches les pieds! ordonna Apolline, en étendant sa jambe droite devant elle. En attendant d'avoir droit à lécher le reste…

Affolé par la perspective qui s'ouvrait à lui, le médecin se précipita sur la longue jambe qui se tendait vers lui. Avec des gestes fébriles, il entreprit de détacher les jarretières du bas, puis d'enrouler délicatement celui-ci sur lui-même, en direction du pied cambré d'Apolline.

La soie crissait doucement sur la peau veloutée et laiteuse, portant son excitation à son comble. À l'intérieur de son pantalon d'alpaga, son sexe devenait presque douloureux, à force de tension.

En même temps qu'il enroulait le bas, il s'arrangeait pour que ses doigts caressent doucement la peau qu'il venait de découvrir, palpent avec légèreté les muscles qui frémissaient juste en dessous.

D'un rapide coup d'œil, il vit que sa partenaire avait laissé aller sa tête contre le dossier du canapé et fermé à demi les yeux. Il en déduisit qu'elle appréciait ses caresses, ce qui lui parut d'excellent augure pour la suite…

Lorsque le bas chut enfin sur le tapis, aussi léger qu'une langue de brume sur une lande, Lenobres saisit le pied nu entre ses mains, avec une sorte de ferveur et, se penchant en avant, dans la position du prieur prosterné, il se mit à déposer de petits baisers délicats du talon jusqu'à la limite des orteils, aux ongles peints en rouge.

La voix d'Apolline claqua dans l'air tiède, comme un coup de fouet :

– Ne m'embrasse pas : lèche !

Aussitôt, avec une sorte de ferveur, Lenobres entreprit de sucer un à un chacun des doigts de pieds de sa partenaire, les yeux fermés et le souffle rauque.

En même temps, il mourait d'envie qu'elle le laisse s'enhardir, remonter le long de sa jambe adorable, jusqu'au buisson noir et mystérieux qui, là-haut, très loin, semblait le narguer, tel un œil ironique.

– L'autre, maintenant ! ordonna Apolline, au bout d'une minute ou deux, la voix plus sourde, à mesure que l'excitation prenait possession d'elle.

Car ce petit cérémonial nouveau, qui lui était venu spontanément à l'esprit un instant plus tôt, à sa propre surprise, la mettait réellement dans tous ses états et elle s'en voulait de n'y avoir jamais pensé avec les autres, avant.

Voir se prosterner devant elle, pour lui lécher les pieds comme un chien, l'homme qui allait ensuite…

Le brasier qui incendiait le ventre d'Apolline était maintenant si intense qu'elle abrégea considérablement la cérémonie du léchage, pour le pied gauche.

– Maintenant, viens… ta langue… souffla-t-elle, en posant ses talons sur le bord du canapé et en ouvrant grand ses cuisses nerveuses et blanches.

Philippe Lenobres n'eut pas du tout besoin d'explication complémentaire. Avec un grognement sourd, il se traîna entre les jambes de sa partenaire et, la saisissant par ses hanches étroites, il approcha son visage enfiévré du joyau féminin qui s'éployait juste sous ses yeux. Bijou de nacre et de nuit, exhalant des parfums humides et forts.

Lenobres posa ses lèvres molles au milieu du

fouillis de poils noirs et soyeux. Puis, du bout de la langue, il entreprit l'exploration des pétales luisants qui s'évasaient en une somptueuse corolle de chair frémissante.

Lorsqu'il dénicha le petit bouton dur et vibrant niché tout en haut de cette fleur carnassière, le long soupir poussé par Apolline le remplit de fierté et d'exaltation amoureuse. Il entreprit de sucer doucement le bourgeon amoureux, attentif aux réactions de sa partenaire, dont, à présent, tout le corps vibrait au rythme de ses attouchements.

Il fut tout de même surpris, au bout de quelques secondes à peine, de l'entendre émettre un long cri de délivrance, cependant que tout son corps se tendait, s'arquait, au point de manquer choir du canapé.

Jamais encore il n'avait vu une femme jouir avec une telle rapidité. Il en conçut même une certaine inquiétude : et si, son plaisir pris, elle allait le laisser en plan et rentrer chez elle ? Comme le font trop souvent les malotrus avec leurs partenaires féminines ?

Apolline Vinteuil était encore parcourue par les vagues refluantes de l'orgasme qui venait de la foudroyer. Et dont la rapidité l'avait elle-même surprise.

Avec les autres aussi, le plaisir était venu très

rapidement, mais à ce point-là, tout de même…

C'était comme si, à chaque nouveau partenaire (en réalité, elle avait pensé « victime »…), son corps devenait un peu plus apte à la jouissance, un peu plus performant.

Durant une seconde ou deux, cette constatation effraya Apolline : est-ce que ça signifiait qu'elle ne pourrait plus jamais s'arrêter de… qu'elle devrait sans fin continuer ?… Ou alors redevenir celle qu'elle était « avant » ?

Elle chassa rapidement ces idées sombres et menaçantes : elle était ici dans un but bien précis et elle ne devait se laisser distraire par rien qui ne soit pas sa mission. Sinon, elle risquait de commettre une erreur.

Et, dans son cas, le plus petit faux pas pouvait se révéler dramatique, voire fatal.

Un petit sourire sur ses lèvres gonflées par le plaisir, elle fit signe, de l'index, à son partenaire de se relever. Ce qu'il fit avec empressement.

Il émit un grognement de bonheur lorsque la paume de la jeune femme se posa doucement sur le devant de son pantalon, déformé par une grosse bosse dure. Elle entreprit de masser doucement son sexe roide, à travers l'alpaga soyeux. Lenobres mourait d'envie qu'elle le dégrafe et empoigne sa verge à pleine main, mais il n'osait pas le lui demander, de peur de « rompre le charme ».

Elle avait dit que c'était elle qui décidait de tout : il devait se soumettre à cela…

– Elle a l'air grosse, ta queue… murmura Apolline, d'une voix gourmande. Je suis sûre qu'elle doit être très belle… J'ai encore envie de jouir, tu sais !

Tout en murmurant ces petits bouts de phrases, qui mettaient le médecin au bord de l'extase, elle continuait de masser doucement la virilité frémissante, d'en éprouver la raideur, le volume, la longueur. Et cette auscultation, menée du bout de ses longs doigts fins suffisait à faire renaître le désir, au creux de son ventre, encore humide de plaisir.

Mais son esprit, lui, continuait de tourner avec la régularité d'une machine de précision, une lucidité parfaite. Et il lui disait que, pour faire accepter à son partenaire l'idée qu'elle avait en tête, elle devait encore faire grimper d'un ou deux crans le désir qu'il avait d'elle…

D'un geste adroit, elle dégrafa le pantalon de Lenobres. Celui-ci poussa un gémissement de gratitude lorsque les doigts féminins se faufilèrent à l'intérieur de son slip bleu et blanc, tendu à exploser.

– Eh ! je le savais bien qu'elle devait être superbe ! ronronna Apolline, en mettant au jour une virilité orgueilleusement dressée, palpitante, effectivement de belle taille et de proportions parfaites.

En réalité, elle était surprise de découvrir ce petit homme un peu mou nanti d'un aussi bel engin. Cela ne ferait que rendre les choses plus faciles...

Sans avoir pris la peine de retirer ses gants de peau, Apolline entreprit de le caresser doucement, tandis que son autre main soupesait et palpait avec délicatesses les bourses duveteuses nichées entre les cuisses grasses de son partenaire, agité d'un tremblement de tout le corps.

Elle alla jusqu'à poser ses lèvres sur le champignon luisant qui couronnait ce sceptre de chair et à le parcourir de petits coups de langue à peine effleurés.

Cette fois, elle sentit que sa victime était vraiment à point, prête à tout accepter. Il n'y avait plus qu'à passer à la suite des opérations.

– Tu sais ce qui me ferait vraiment plaisir, mon chéri ? murmura-t-elle, sans cesser de léchouiller le membre palpitant sur toute sa longueur.

– No... non... bafouilla Lenobres, la tête rejetée en arrière et le souffle court.

– J'ai très envie de jouer au docteur...

Philippe Lenobres baissa la tête et posa sur Apolline un regard incompréhensif :

– Je vous... pardon ? Au docteur ?

Apolline se leva du canapé et se plaqua contre le corps grassouillet du médecin, sans cesser de masturber doucement sa verge dure.

– C'est ce qui m'a excitée, l'autre jour, lorsque je suis venue en consultation, murmura-t-elle tout près de son oreille. Le fait de me trouver presque nue dans un cabinet médical, ça m'a toujours fait un certain effet. À ce moment-là, si tu m'avais arraché ma culotte pour me fourrer ta queue dans la chatte, je crois que je me serais laissé faire, tellement je mourais d'envie d'être baisée !

Apolline savait très bien que la plupart des hommes étaient excités par ce genre de propos obscènes, lorsqu'ils sortaient de la bouche d'une femme, et elle en usait sciemment.

– Si tu voulais vraiment me faire jouir comme jamais, reprit-elle sur le même ton enjôleur, on irait à ton cabinet pour rejouer la scène… mais dans l'autre sens !

– Comment ça dans… dans l'autre sens ? interrogea Lenobres, qui se sentait perdre pied.

– Mais c'est tout simple, voyons ! murmura Apolline, en accentuant la pression de ses doigts autour de la verge palpitante qu'ils emprisonnaient. C'est toi qui feras le patient… et moi le médecin. Et je te promets que je serai la plus vicieuse de toutes les salopes de doctoresses que tu as pu rencontrer au cours de ta carrière ! Sens comme mon cœur bat vite, rien que de penser à tout ce qu'on va faire…

Elle prit la main de Lenobres, qui semblait de plus en plus dépassé par les événements, et la plaqua d'autorité contre son sein gauche, dont le mamelon semblait prêt à percer le fin tissu de son bustier.

Le contact de cette chair élastique, drue, balaya les dernières hésitations du gastro-entérologue.

– Bon, bon... eh bien, d'accord... Al... allons-y... bafouilla-t-il, en se dirigeant vers la porte du salon, en titubant comme un homme ivre.

Tellement « à côté de ses pompes » qu'il ne semblait pas s'apercevoir que son membre raide et gonflé jaillissait toujours de son pantalon ouvert.

La jeune femme le suivit, de son habituelle démarche souple. Certaine de son fait, à présent.

Dès qu'ils furent entrés dans le cabinet médical, relié au salon par un petit couloir privé, Apolline continua de prendre toutes les initiatives.

– Tu as une blouse blanche ?

– Une blouse ? Pourquoi faire ? demanda Lenobres, la mine éberluée.

– Eh bien ! pour entrer dans mon rôle, tiens ! répliqua Apolline, un peu impatiemment. Je suis toubib, je veux une blouse, c'est tout ! Alors ?

– Eh bien... il y en a une propre, là... dans le placard mural, mais je ne...

– Parfait, l'interrompit Apolline en ouvrant la porte indiquée. Bon, tu vas t'installer dans la salle d'attente pendant que je me prépare et je viens te chercher dans trois minutes : il faut faire les choses sérieusement, si on veut prendre un maximum de plaisir, non ?

Le mot plaisir suffit à faire obéir Philippe Lenobres qui, sans répliquer, se dirigea vers la salle d'attente déserte, juste en face du cabinet proprement dit.

Dès que le médecin fut sorti de la pièce spacieuse, le visage d'Apolline Vinteuil redevint d'une dureté minérale et ses yeux bleus se tintèrent de reflets violets, signe chez elle d'une concentration intense.

Elle commença, avec des gestes rapides, précis, par se déshabiller entièrement, à l'exception de ses gants. Ensuite, elle enfila la blouse, à peine un peu trop grande pour elle, se contentant d'attacher les deux boutons du milieu seulement, afin que son « patient » puisse se rincer l'œil tout à son aise, pendant qu'elle se pencherait sur lui pour l'ausculter…

Puis, Apolline entreprit de fouiller dans son grand sac de cuir souple. Elle en sortit deux fines lanières de nylon tressé qu'elle fourra dans la poche droite de la blouse. Elle extirpa ensuite un foulard multicolore qu'elle glissa dans l'autre poche.

Enfin, elle sortit du sac un rasoir « coupe-chou ». Elle en déplia la lame et prit un certain plaisir à en faire luire le métal affilé à la lueur de la grosse lampe de bureau. Avec un sourire froid, elle replia l'instrument et le glissa dans la poche où se trouvait déjà le foulard.

Elle était prête.

D'un pas assuré, elle traversa le couloir et poussa la porte entrebâillée de la salle d'attente :

– Monsieur, c'est à vous… Si vous voulez bien me suivre, c'est par ici…

Elle avait prit une voix à la fois neutre et aimable. « Très professionnelle », jugea-t-elle elle-même, avec une certaine satisfaction.

Lorsqu'elle referma la porte du cabinet derrière son « patient », elle sentit poindre entre ses cuisses une chaleur qu'elle identifia aussitôt. Ce n'était pas une simple excitation érotique, c'était bien plus intense et profond que cela.

Plusieurs fois, elle avait pensé que le torero devait ressentir quelque chose de similaire, au moment ultime de son combat avec le taureau.

Du coup, sentant rapidement monter la tension en elle, elle résolut d'abréger un peu le scénario qu'elle avait prévu de jouer afin de se mettre en condition, et elle passa directement à la phase numéro deux.

– Veuillez vous déshabiller et vous allonger sur la table de consultation, dit-elle du même ton « professionnel » qu'elle avait adopté un instant plus tôt.

Apolline Vinteuil avait posé ses fesses menues et fermes sur le coin du bureau, et plié légèrement un genou, ce qui fait que sa cuisse droite était découverte pratiquement jusqu'à la fourrure noire de son ventre.

Bizarrement, comme s'il se trouvait réellement dans la position du patient en face d'un docteur femme, Philippe Lenobres semblait gêné de se déshabiller devant elle. Ce qui la divertissait au plus haut point et, en même temps, contribuait à faire encore grimper sa propre excitation.

Le gastro-entérologue se débarrassa de sa cravate, puis de sa chemise, de ses chaussures et de son pantalon.

– C'est bon, ça ira comme ça, décréta Apolline, lorsqu'il n'eut plus que son slip bicolore et ses chaussettes de fil. Allongez-vous, à présent…

Il n'avait pas échappé à la jeune femme que l'érection de son « patient » avait complètement disparu. Mais elle était bien certaine de parvenir à la ranimer…

Lorsqu'il fut allongé sur le dos, elle vint à lui et commença à lui palper l'abdomen du bout de ses doigts tendus :

– Je vous fais mal ? s'enquit-elle d'une voix neutre.

– Non, non… souffla Lenobres, les yeux mi-clos et les narines palpitantes.

– Pouvez-vous me préciser où est localisée la douleur que vous ressentez ? insista Apolline, en se penchant vers lui, de façon à lui offrir une vue plongeante sur ses petits seins aux mamelons gonflés et durs.

– Plus bas… il me semble… murmura le médecin, d'une voix à peine audible.

En même temps, son sexe se mit à durcir, à gonfler, tendant son slip et parvenant même à en décoller l'élastique de son ventre mou et blafard.

– Vous êtes un petit polisson… le gronda gentiment Apolline, en effleurant la protubérance du bout du doigt. Vous mériteriez que je vous chasse de ce cabinet !

– Non ! Je vous en prie… ne put s'empêcher de geindre Lenobres, entrant de plus en plus dans le rôle qui lui avait été assigné.

– Vous avez de la chance que ma conscience professionnelle est plus forte que ma pudeur, soupira Apolline, en reprenant ses palpations, qui descendaient de plus en plus bas sur le ventre de son patient et ressemblaient maintenant davantage à des attouchements.

Elle sentait son propre sexe s'humidifier sans cesse. La touffeur moite qui régnait entre ses cuisses devenait délicieusement insupportable.

– Pardonnez-moi, mais je vais devoir vous débarrasser de ça… murmura-t-elle en glissant ses doigts fins entre l'élastique du slip et la peau.

– Je… je vous en prie… faites comme vous l'entendez, doc… docteur…

Apolline fit descendre le slip jusqu'à mi-cuisse, d'un seul coup. Le membre lourd jaillit tel un ressort trop longtemps contenu et vint claque contre le ventre flasque de son propriétaire.

Littéralement gouvernée par le feu qui ravageait son ventre, Apolline décida que les préliminaires avaient assez duré. Elle était tellement possédée par son désir qu'à cet instant précis elle avait presque complètement oublié la raison de sa présence dans ce cabinet médical de la banlieue parisienne.

Mais elle savait bien que la mémoire lui reviendrait tout de suite après. Dès qu'elle aurait joui de ce sexe tendu…

Elle arracha littéralement les deux boutons qui fermaient sa blouse trop ample. Puis, elle grimpa sur la table d'auscultation, qui gémit brièvement sous ce poids supplémentaire, et se plaça à califourchon au-dessus de son partenaire.

Saisissant le membre lourd, elle le dressa à la

verticale, juste au-dessus du buisson noir et humide de rosée amoureuse qui ombrait son ventre.

Avec un long feulement de délivrance, elle s'empala dessus d'un seul coup.

– Je t'interdis de jouir ! gronda-t-elle d'une voix à peine reconnaissable, tandis que son bassin se mettait en mouvement, afin de s'empaler encore plus profondément sur la verge qui l'emplissait tout entière.

Philippe Lenobres se mordit violemment la lèvre inférieure. En espérant que la douleur suffirait à enrayer la montée du plaisir le long de sa virilité bouillonnante.

– Prends mes seins ! rugit Apolline, dont l'aspect échevelé et le visage déformé par un rictus étrange faisaient maintenant presque peur à voir.

Docile, Lenobres plaqua ses petites mains grassouillettes sur les seins à peine renflés de la furie qui le chevauchait et commença d'en faire rouler les pointes dures entre ses doigts courtauds.

– Pas comme ça ! éructa Apolline, les yeux complètement violets et étincelants. Plus fort ! Fais-moi mal, sale brute ! Arrache-les, espèce de porc infect !

Totalement dépassé par ce qui lui arrivait, presque effrayé par la bacchante déchaînée qui s'agitait autour du membre fiché en elle, Lenobres obtempéra machinalement et se mit à tordre violemment les mamelons érigés.

Aussitôt, Apolline accéléra les mouvements de ses hanches, se cambrant au maximum pour offrir sa poitrine aux tortures qu'elle venait d'exiger de son partenaire.

– Ah ! salaud ! tu me fais mal ! c'est atroce ! hoqueta-t-elle. Tu me le paieras ! tu ne vivras pas assez vieux pour te repentir de me faire subir cette horreur !

Totalement concentré sur le fait qu'il lui était interdit de jouir, Philippe Lenobres ne prit aucunement garde à ces paroles étranges.

Il eut sans doute tort.

Pris malgré lui dans le tourbillon de folie déclenché par sa partenaire, il lui tordait les seins de plus en plus violemment, avec une sorte de méchanceté avide dont il se serait cru bien incapable une minute plus tôt.

Il prit même des initiatives. Lâchant l'un des deux seins qu'il martyrisait, il se mit à donner de grandes claques sur les fesses de sa walkyrie échevelée.

– Oh oui ! rugit celle-ci, en se tordant ainsi qu'un serpent sur la braise. Vas-y ! défonce-moi ! frappe-moi ! déchire-moi ! Explose-moi le cul !

Visiblement, elle avait atteint le point de non

retour et ne savait même plus ce qu'elle disait.

De fait, dans la seconde suivante, Apolline poussa un long feulement aigu, tout son corps s'immobilisa, se tétanisa. Lenobres sentit ses muscles les plus intimes palpiter autour de sa verge en feu et il dut faire un effort inouï sur lui-même pour ne pas exploser à son tour.

Enfin, le cri de sa partenaire mourut en une sorte de râle. Tout son corps s'amollit brusquement et elle s'abattit sur le corps de son partenaire, dont le sexe gonflé et dur était toujours fiché en elle.

Instinctivement, Lenobres comprit que le temps des sévices et des brutalités était passé. À la place, il voulut se montrer tendre et entreprit de caresser doucement les épaules un peu saillantes et le dos sinueux de sa partenaire encore toute haletante de plaisir.

Elle se redressa comme si un frelon venait de la piquer. Durant un instant très court, Lenobres eut l'impression que son visage n'était plus qu'un concentré de haine.

Une haine dirigée contre lui.

Mais, la fraction de seconde suivante, Apolline retrouva son sourire sensuel, avant de descendre de la table d'auscultation et de rabattre sur son corps les pans de la blouse.

– Je n'ai pas joui... fit humblement observer

Philippe Lenobres, avec un mouvement de menton en direction de sa virilité toujours érigée.

– C'est bien… c'est très bien… murmura Apolline, d'une voix étrangement lointaine. Tu vas avoir ta récompense à présent. Des sensations comme tu n'en as jamais connues. Et comme tu n'en connaîtras plus jamais…

Pendant qu'elle disait cela, elle avait glissé ses deux mains dans les poches de la blouse.

Et refermé ses doigts sur les lanières de nylon, à droite, et sur le rasoir, à gauche.

Chapitre II

Le commandant Boris Corentin eut une petite grimace de satisfaction, au moment où son index droit enfonçait la touche « envoi » de son clavier d'ordinateur.

Depuis toutes ces années passées à la Brigade de répression du proxénétisme, la fameuse Brigade mondaine, il y avait une chose qui continuait à constituer pour lui une véritable corvée professionnelle.

Les rapports. La paperasse, quoi. Ces pages et ces pages qui vous prenaient des heures, et dont on ne savait jamais bien si elle étaient lues par qui que ce soit.

C'est la raison principale pour laquelle Boris Corentin, policier surdoué, d'une efficacité redoutable, n'avait jamais cédé aux sollicitations du commissaire divisionnaire Charlie Badolini, le patron de la Mondaine, qui aurait rêvé le voir devenir commissaire, en passant par la filière du concours interne à la police : il était trop un homme de terrain et d'enquête pour se satisfaire d'un emploi de bureaucrate, fût-il à hautes responsabilités.

Au moment de fermer le dossier, Corentin prit conscience qu'il avait oublié d'imprimer une copie papier pour « Baba », comme ses subordonnés surnommaient entre eux le patron de la Brigade mondaine.

Car Charlie Badolini refusait énergiquement d'être équipé du moindre ordinateur dans son bureau.

Boris allait exécuter la manœuvre, lorsque la porte des « Affaires recommandées », la section reine de la Brigade mondaine, celle des coups durs et fourrés en tous genres, s'ouvrit à la volée, pour laisser entrer une Géraldine Hébert, visiblement d'humeur très mitigée.

Géraldine, c'était le petit rayon de soleil et de fraîcheur qui était venu éclairer les Affaires recommandées un an et demi plus tôt, lorsque Charlie Badolini l'avait affectée à ce service à hauts risques, d'abord en tant que stagiaire, puis comme « électron libre », selon sa propre expression. Laquelle signifiait que le lieutenant Hébert aidait soit l'équipe de

Rabert et Tardet, soit celle de Boris Corentin et d'Aimé Brichot, selon les besoins des uns et des autres.

Géraldine Hébert était une jeune femme rousse et frisée qui venait tout juste de fêter ses 27 ans[1]. De grands yeux émeraude, un regard rieur, un visage arrondi, à la peau laiteuse parsemée de quelques minuscules taches de son, un petit nez légèrement retroussé, sur lequel étaient posées de fines lunettes rondes à montures dorées, et une petite fossette qui apparaissait au creux de sa joue droite chaque fois qu'elle riait : de l'avis général, Géraldine Hébert était une très jolie femme. Et sa silhouette à la fois élancée et charnelle, toute en courbes moelleuses, ne faisait que renforcer cet avis général.

Une opinion que partageait Boris Corentin. Lequel, en incorrigible amateur de jolies filles, n'aurait rien eu contre le fait de partager son lit de célibataire endurci avec la jeune stagiaire, lorsqu'elle était arrivée. D'autant que Géraldine Hébert s'était très vite révélée drôle, vive, intelligente. Et, qui plus est, très bonne professionnelle, ce qui, aux yeux exigeants de Corentin, était primordial.

Seulement voilà : avec une franchise simple et directe, Géraldine avait très vite fait savoir à ses collègues masculins qu'elle était exclusivement « féminophile » : c'était le mot qu'elle avait forgé

1. Voir le Brigade mondaine N° 283 : *Dressage en règle.*

elle-même pour remplacer « lesbienne », qu'elle n'aimait pas beaucoup, le trouvant trop « connoté camionneuse », comme elle disait.

Du coup, il s'était instauré entre Boris Corentin et la jeune femme, une sorte d'amitié amoureuse, par moments assez trouble, que venait renforcer l'admiration que Géraldine éprouvait pour celui qu'elle appelait son « grand chef ». Tandis que Boris, lui, avait trouvé pour sa coéquipière le sobriquet de « Petit bonhomme » – en se hâtant de lui préciser que cela n'avait rien à voir avec ses mœurs particulières…

– Ça n'a pas l'air d'aller, ce matin… nota Corentin, en voyant les sourcils froncés et le regard orageux de Géraldine.

– Ah ! ça, je te crois ! explosa la jeune femme, en accrochant son blouson à la patère fixée derrière la porte. Paris devient un vrai coupe-gorge, tu le savais, Grand chef ? Bientôt, une honnête fille comme moi ne pourra même plus prendre un café à un comptoir de rade sans se faire violer tout debout !

– Tu n'as qu'à le prendre assise… crut bon de plaisanter Boris Corentin.

Cela lui valut un regard outré de Géraldine :

– Très drôle ! Monsieur Corentin se lance dans l'humour graveleux, alors que je viens de passer à deux doigts de l'outrage sévère !

Prudent et diplomate, Boris se garda de faire la moindre remarque, à propos des « deux doigts » que venait d'évoquer sa jeune consœur.

Il s'apprêtait à prendre une mine de circonstance et à lui demander quel drame terrible elle avait dû affronter, lorsque, soudain, sans la moindre transition, le visage de Géraldine s'éclaira, juste avant qu'elle n'éclate de rire.

– Bon, OK, Grand chef ! j'ai essayé de te la jouer « P'tite Cosette », mais j'arrive pas à garder mon sérieux. J'ai bien fait de renoncer au théâtre quand j'étais ado, moi !

– Donc, il ne t'est rien arrivé du tout ? soupira Corentin, finalement assez soulagé.

– Ah ! si, tout de même ! C'est d'ailleurs ce qui m'a donné l'idée de le faire façon mélo flamboyant. Mais, en fait, c'était plutôt comique.

– Bon, ben… raconte, l'encouragea Boris Corentin, en se calant confortablement dans son fauteuil, les mains croisées derrière la nuque.

– Donc, j'étais au bistrot en bas de chez moi, en train de siroter un petit noir, jusque-là c'est conforme, commença Géraldine, en appuyant une fesse rebondie sur le coin du bureau de Corentin. Sauf que j'étais pas au comptoir, mais à une table. Je suppose que j'ai pas dû faire assez gaffe en posant mon cul, toujours est-il qu'à un moment, je m'aperçois de deux choses, concomitamment…

– Concomitamment ! souligna Boris, avec un demi-sourire ironique.

– Ouais, je l'aime bien, celui-là, confirma Géraldine. Du coup, je m'entraîne à le prononcer aussi souvent que possible, pour qu'il sorte avec naturel.

– Tu es certaine qu'il existe ?

– M'en fous…

– Donc, deux choses concomitantes se présentent à ton esprit… la relança Boris.

– La première, c'est que, dans le mouvement que j'avais fait pour m'asseoir, je me retrouvais avec la jupe limite ras-la-touffe. Et la deuxième, c'est que, au coin du bar, un type d'une trentaine d'années, plutôt pas mal gaulé, je dois admettre, était en train de se desorbiter les globes oculaires pour essayer de me mater le berlingot.

– Quelle classe ! quelle élégance ! comme dirait ce bon Mémé ! soupira Corentin, en se retenant de rire.

– Au fait, il est pas là, Mémé ?

– Il a téléphoné qu'il aurait un petit retard à l'allumage… Si on revenait à ton mateur de berlingot ?

– T'as raison, Grand chef. Donc, bon, m'apercevant du truc, je fais comme toutes les pétasses dans ce cas-là : je serre les genoux et, concomitamment, je tire sur ma jupe. En me disant que l'autre glandu va comprendre le message. Au lieu de ça, le voilà qui s'approche, se plante devant moi et… et tu sais pas ce qu'il me balance ?

– Si, bien sûr : j'étais là, tu ne te souviens pas ?

– Oh ! ça va, hein ! Donc, le voilà qui me vote un petit sourire faraud, presque timide, et qui me dit : « Mademoiselle, vous me plaisez tellement que je crois que je serais capable de vous brouter le minou pendant des heures ! » Tu le crois, ça ? Moi, j'en étais sur le cul !

– Tu l'as déjà dit, ça, Petit bonhomme… Et tu as réagi comment ? J'avoue que je crains un peu, là…

– Non, t'as tort, Grand chef, j'ai été super cool, assura sérieusement Géraldine. Je ne dis pas que, dans un premier temps, je n'ai pas eu envie de lui remonter les gonades dans les trous de nez à grands coups de rotule, mais j'ai réussi à prendre sur moi.

– Bravo ! belle victoire de l'esprit sur la matière ! Et tu as fait quoi, à la place ?

– Je lui ai gentiment expliqué que c'était très tentant, mais que, là, c'était pas possible, à cause des Brigades rouges qui cernaient le quartier.

– Élégant…

– Ensuite de quoi, je lui ai filé rencart pour dans trois jours, dans un troquet à l'autre bout de Paris, où je ne mets jamais les pieds ni le reste.

Boris Corentin se composa une mine tristement choquée :

– Alors, là, Petit bonhomme, je trouve ça d'une cruauté révoltante ! Après tout, il ne voulait que ton bien, ce garçon. Et il s'est montré très poli. Courtois, même…

La sonnerie du téléphone, sur le bureau de Corentin, empêcha Géraldine de répondre.

Boris décrocha avant la deuxième sonnerie :

– Commandant Corentin, j'écoute…

– …

– Oui, Monsieur le divisionnaire, je viens tout juste de le terminer et je…

– …

– Non, il sera là d'ici une petite demi-heure. Il a téléphoné pour prévenir que…

– …

– Oui, elle est arrivée…

– …

– Très bien, Monsieur le divisionnaire, pas de problème : on arrive immédiatement.

Lorsqu'il reposa le combiné sur son support, Géraldine Hébert était déjà à la porte, ayant reconstitué l'ensemble du dialogue « de chic ».

– Baba voulait vous voir pour un truc urgentissime, Mémé et toi, mais comme le capitaine Brichot est à la bourre, notre bien aimé patron se contentera du petit lieutenant Hébert, récita-t-elle tout d'une traite.

– C'est à peu près ça, convint Boris Corentin, en s'engageant dans le couloir.

Une minute plus tard, les deux inspecteurs poussaient la double porte capitonnée qui donnait accès au grand bureau de Charlie Badolini, dont les deux hautes fenêtres ouvraient sur le quai des Orfèvres et la Seine.

« Ouvraient » n'était d'ailleurs pas le mot juste, dans la mesure où elles étaient toujours obstinément fermées. Sans doute pour mieux conserver l'épaisse fumée des cigarettes brunes que le commissaire divisionnaire fumait quasiment à la chaîne, du matin au soir.

Pour la nuit, on ne savait pas…

– Ah, tiens ! vous voilà *tout de même* ! grogna Charlie Badolini, de sa voix éraillée par plusieurs décennies de tabagisme hautement actif.

Il avait bien appuyé sur le « tout de même », alors que son appel ne remontait pas à plus de deux minutes. Ce que ni Boris Corentin ni sa jeune coéquipière ne se hasardèrent à lui faire remarquer.

– Pas la peine de vous asseoir, les avertit le commissaire divisionnaire, en leur tendant une mince chemise de papier vert clair. Vous prenez ça et vous filez en urgence à l'adresse indiquée. C'est à Suresnes, vous ne devriez pas en avoir pour des heures…

– Vous nous dites tout de même en deux mots de quoi il retourne, patron ? se hasarda tout de même à demander Corentin, bien que le patron en question ait sa mine renfrognée des jours « sans ».

– Un médecin spécialiste, un gastro-machin, que sa femme de ménage a retrouvé trucidé d'une drôle de manière, il y a environ vingt minutes, dans son cabinet, consentit à répondre Badolini, d'assez mauvaise grâce. Tué d'une manière qui… enfin, qui a incité mon homologue des Hauts-de-Seine à faire appel à nos compétences. Ça vous suffit, comme éclaircissement ?

Décidément, songea Corentin, le patron était vraiment d'une humeur de chien. Presque autant que lors de ses multiples tentatives de sevrage tabagique.

– Non, non, ça ira très bien, Monsieur le divisionnaire, s'empressa-t-il, en saisissant la chemise que Badolini lui tendait d'un geste impatient, par-dessus son grand bureau Empire. On vous tient au courant…

– J'espère bien ! fit le commissaire d'un ton rogue, avant de se replonger dans le volumineux dossier ouvert sur son sous-main en cuir de Cordoue.

Les deux inspecteurs battirent prudemment en retraite et se rapatrièrent dans le bureau des Affaires recommandées, afin d'y prendre leurs blousons respectifs.

– Dis donc, il est d'une humeur de dogue, le Vieux, ce matin ! nota Géraldine. Tu crois que ça serait la prostate ?

L'idée de sa coéquipière fit sourire Boris Corentin, tandis qu'ils descendaient ensemble l'escalier conduisant à la cour principale du 36 quai des Orfèvres, où se trouvait leur voiture de service.

Malgré la petite pluie fine et régulière qui tombait sur la région parisienne, ils parvinrent à Suresnes sans avoir eu à affronter de trop dramatiques bouchons.

Le docteur Philippe Lenobres – « gastromachin » de son état, comme l'avait désinvoltement signalé Charlie Badolini – avait sa maison dans une rue courte et rectiligne, située à mi-hauteur entre la Seine et le Mont-Valérien, d'où s'offrait une très belle vue sur Paris.

Pour l'heure, la petite artère résidentielle en question était barrée à ses deux extrémités, et les policiers en uniformes qui manœuvraient les barrières mobiles ne laissaient passer que les riverains, dans un sens ou dans l'autre, non sans avoir vérifié soigneusement leur identité.

– C'est là… fit Géraldine, en désignant de la main un regroupement de quatre voitures, dont deux avec gyrophares, garées un peu n'importe comment devant une villa début de siècle assez cossue.

Des bandes de plastique fluo orange interdisaient l'entrée de la maison, et Boris Corentin dut exhiber sa plaque de policier pour qu'on les laisse passer outre, Géraldine et lui. Ils allaient se diriger vers le perron principal de la maison, mais l'un des deux policiers en faction les aiguilla vers la petite porte moderne, située sur le côté de la bâtisse et donnant directement accès à la partie professionnelle.

Dans le vestibule carré, ils furent accueillis par un jeune homme blond d'une trentaine d'années, souriant et athlétique, dont le visage énergique disait vaguement quelque chose à Boris Corentin.

– Capitaine Vuillard, se présenta celui-ci, avec une poignée de main énergique. Adrien Vuillard, du SRPJ[1] de Nanterre. Ravi de vous revoir, commandant Corentin : nous avons déjà eu l'occasion de travailler sur une affaire ensemble, il y a trois ou quatre ans : une histoire de photos mettant en scène des filles mineures…

La mémoire revint d'un coup à Boris :

– Oui, oui, je me souviens parfaitement de vous. Je vous présente le lieutenant Hébert…

À la façon dont Adrien Vuillard caressa rapidement tout son corps du regard, avant de revenir vers son visage, Géraldine comprit que le jeune capitaine

1. Service régional de police judiciaire.

Vuillard n'était certainement pas homosexuel...

– Vous nous faites un petit topo ? proposa Boris Corentin, histoire de rompre la fascination que sa coéquipière semblait exercer sur le policier de Nanterre.

– Euh... oui, bien sûr, commandant ! s'empressa le jeune capitaine. Clotilde Samoyeau, la personne qui est chargée de nettoyer le cabinet médical et ses dépendances chaque matin, est arrivée à huit heures, comme tous les jours. Elle a la clé de cette partie de la maison. C'est elle qui, une demi-heure plus tard, a découvert le corps du toubib, sur la table d'auscultation de son cabinet. Vous pourrez l'interroger, elle est avec deux de mes hommes, à l'étage au-dessus : salement choquée par ce qu'elle a vu, je dois dire...

– Elle a vu quoi, au juste ? demanda Corentin, avec une légère impatience dans la voix.

– Eh bien... suivez-moi, vous allez pouvoir vous rendre compte par vous-même... répondit Adrien Vuillard, avec un rictus crispé.

Voyant que Géraldine s'apprêtait à leur emboîter le pas, le capitaine lui posa la main sur le bras. Il eut le tort de prendre un ton un petit peu trop « mâle protecteur » :

– Mademoiselle Hébert, vous feriez mieux de nous attendre ici, je crois : ce n'est pas un spectacle pour une jeune femme et il me semble que…

– La jeune femme, elle est officier de police exactement au même titre que vous, capitaine, sauf votre respect, le coupa Géraldine, avec un regard noir.

Boris Corentin, qui commençait à bien la connaître, sentit qu'elle n'avait employé ce ton glacé que pour tenter d'empêcher l'explosion du volcan que les propos malencontreux d'Adrien Vuillard avaient fait naître en elle.

– Oui, oui, bien sûr… bafouilla le jeune capitaine, saisi à froid. Je disais ça simplement parce que…

– Parce que je n'ai pas de couilles et vous, oui : j'avais compris, capitaine ! asséna Géraldine en le toisant des pieds à la tête. Bon, on y va, maintenant ?

Écarlate jusqu'aux oreilles, Adrien Vuillard se le tint pour dit et, passant devant eux pour essayer de masquer la honte qu'il venait de se prendre, il se dirigea vers la porte située au fond du couloir, à gauche, donnant sur le cabinet de feu le docteur Philippe Lenobres.

En pénétrant dans la pièce, Boris et Géraldine ne virent d'abord que les quatre spécialistes de l'identité judiciaire, occupés à effectuer les habituels relevés scientifiques du plus microscopique indice.

Ce n'est qu'ensuite que leurs yeux se posèrent en

même temps sur le corps du docteur Lenobres, gisant sur sa propre table d'auscultation.

Boris Corentin sentit la main de Géraldine Hébert saisir la sienne et la serrer à la broyer. Cependant qu'il l'entendait murmurer d'une voix blanche, qui s'efforçait pourtant encore de crâner, en imitant le personnage joué par Lino Ventura dans *Les Tontons flingueurs* :

– Il faut reconnaître que c'est quand même plutôt un spectacle pour hommes…

Au même moment, Corentin fut frappé par la forte odeur d'alcool qui régnait dans le cabinet. Mais, très vite, il l'oublia pour se concentrer sur le cadavre.

Géraldine avait raison : le spectacle était peu attrayant, c'était le moins que l'on pût dire.

Philippe Lenobres était allongé sur le dos, entièrement nu, à l'exception de ses chaussettes et de son slip, descendu à mi-cuisses.

Et d'une troisième pièce vestimentaire, beaucoup plus surprenante…

Le bas de son ventre n'était plus qu'une répugnante croûte noirâtre de sang séché. Le sang qui avait jailli de lui lorsqu'on lui avait tranché le sexe et les testicules.

Le détail le plus morbide était constitué par les organes sexuels en question. L'assassin avait pris la peine de les nouer avec la cravate du mort, avant de remettre soigneusement celle-ci autour de son cou.

– Pas mal, comme épingle de cravate, non ? fit une voix joviale derrière Boris et Géraldine. Un peu voyant, peut-être, mais tellement original !

Ayant reconnu la voix du docteur Flutiaux, le médecin légiste de l'IML[1], Corentin se retourna. Et Géraldine aussi, trop contente d'échapper à la vision d'horreur.

C'était bien le docteur Flutiaux, en effet, avec toujours sa bouille ronde, son sourire épanoui et son cou trop gras sanglé dans son éternel nœud papillon à gros pois.

– C'est quoi, cette odeur d'alcool ? lui demanda Corentin, que ce phénomène intriguait. Ça vient de vous ?

Le médecin légiste se composa une moue faussement indignée :

– Dites tout de suite que je m'adonne à la boisson pendant mes heures de travail !

Puis, il redevint sérieux et, de son index boudiné, désigna le coin du grand bureau :

– À mon humble avis, mais les analyses du labo nous le diront, ça viendrait plutôt de ça…

Corentin et Géraldine découvrirent trois bouteilles vides alignées : une de whisky, une de gin et la dernière ayant contenu de la vodka.

1. L'Institut médico-légal, autrement dit la célèbre « morgue », situé en bordure de Seine, tout près du pont d'Austerlitz.

– Apparemment, pour des raisons qu'il ne m'appartient pas de commenter ni d'établir, poursuivit paisiblement Flutiaux, le meurtrier a arrosé le corps dc sa victimc avcc lcs spiritucux quc contenaient ces bouteilles. Sale gaspillage, hein ?

– Je vous demanderai de ne pas y toucher, commandant, intervint alors l'un des gars de l'identité judiciaire : on n'a pas encore bossé dessus...

– Mais pourquoi faire une chose pareille ? articula péniblement Géraldine Hébert.

Elle ne reçut aucune réponse, pour la bonne raison que personne ne pouvait lui en fournir.

– D'autres éléments à nous fournir avant autopsie ? demanda Boris Corentin.

Le docteur Flutiaux désigna successivement du doigt les deux mains du cadavre allongé, puis fit un geste vague en direction de ses pieds :

– On lui a visiblement ligoté les poignets et les chevilles avec quelque chose de très fin et très résistant. Du fil à pêche ou quelque chose comme ça. Je pense aussi qu'il a été bâillonné, mais c'est moins évident : pour ça, il faudra attendre que l'autopsie ait eu lieu.

– Rien d'autre ?

– Pour l'instant, non...

Boris Corentin décida que ça ne servait à rien de rester plantés là, sauf à gêner le travail des types de la police scientifique.

– Toubib, je veux votre rapport en milieu d'après-midi au plus tard ! dit-il avant de quitter le cabinet, suivi avec empressement par Géraldine Hébert et Adrien Vuillard. Si c'est plus tôt, ce n'en sera que mieux…

– Ben voyons ! soupira le docteur Flutiaux. Je me demande si je ne vous ai pas trop bien habitués…

Les trois policiers étaient déjà dans le couloir.

– Alors, qu'est-ce que vous pensez de ce truc ? voulut savoir Adrien Vuillard.

– On dirait une partie de baise qui a tourné au carnage, répondit Géraldine.

Le jeune capitaine eut l'air un peu surpris de la « verdeur » de son vocabulaire, mais il ne releva pas.

– Je serais plutôt d'accord avec toi, fit Corentin, le front barré d'un pli soucieux. Le toubib ramène une femme – ou un homme – dans son cabinet pour…

– …jouer au docteur… glissa Géraldine.

– Oui, si tu veux. Les choses démarrent classiquement, puis, à un moment donné elles dérapent.

– Mais elles dérapent quand ? demanda Adrien Vuillard : avant ou après que le malheureux a été ligoté ?

– Ça, mon vieux, soupira Corentin, si on le savait

on serait déjà plus avancé.

– À moins que ce soit quelqu'un qui se soit introduit frauduleusement ici, pour un tout autre motif, et qui ait imaginé cette mise en scène pour masquer ses véritables motifs: vol ou je ne sais quoi... suggéra Géraldine.

– Ah! non, ça, c'est impossible! répondit Vuillard, sur un ton catégorique.

– Tiens donc! Et pourquoi? demanda Boris Corentin, l'air un peu étonné.

Le jeune capitaine eut un pâle sourire d'excuse:

– Ah! oui, c'est vrai, j'ai oublié de vous dire: apparemment, ils sont d'abord passés par le salon du docteur Lenobres. Venez, c'est par là...

Ils débouchèrent bientôt dans la grande pièce luxueusement meublée, dont deux murs disparaissaient derrière les bibliothèques. Par les deux grandes fenêtres, on pouvait voir le petit parc, qu'éclairait à présent un timide et unique rayon de soleil jaune pâle.

Là aussi, trois policiers scientifiques procédaient à leurs relevés. L'un d'eux près de la table basse en marqueterie releva la tête en les entendant entrer. Reconnaissant le capitaine Vuillard, il lui fit signe d'approcher.

– Oui? fit celui-ci, suivi par Boris et Géraldine. Tu as trouvé quelque chose?

Le jeune homme brun désigna la table basse sur laquelle se trouvait un verre de cristal taillé :

– Ce verre porte des traces de rouge à lèvres, et une seule sorte d'empreintes, dit-il d'un ton froid, professionnel.

– C'est génial ! s'emballa Géraldine.

Le policier se tourna vers elle, sans que son visage ne trahisse le moindre sentiment :

– Génial, je ne sais pas, mais étrange, oui : les empreintes sont celles qui se retrouvent partout dans cette maison, celles du mort, autrement dit.

Boris et Géraldine échangèrent un regard interloqué. Ce verre n'aurait été touché que par la victime, mais une femme aurait bu dedans... À moins de supposer que le docteur se soit mis du rouge à lèvres avant de boire. Mais ça, l'autopsie le dirait très facilement.

– Et ça, c'est quoi ? demanda Corentin, en désignant, à trois mètres de là, un rectangle blanc dessiné sur le parquet, juste au pied des rayonnages de livres.

– il y avait une revue, par terre, quand nou ssommes entrés ici, répondit le jeune policier scientifique. Évidemment, nous l'avons embarquée...

– Faites voir...

Le jeune homme brun tendit un sachet de plastique à Corentin. Il contenait une revue de format in-octavo, assez épaisse, à la couverture jaune, visiblement pas de toute première jeunesse. Son titre était *Tours littéraires*.

– Remarquez, elle est peut-être tout simplement tombée du rayonnage… fit remarquer Adrien Vuillard.

– Oui, possible, répondit Boris Corentin, mais il ne faut rien négliger. Je suppose que vous avez commencé une enquête de voisinage ?

– Évidemment ! répondit le jeune capitaine, un peu piqué. Pas grand-chose à se mettre sous la dent, malheureusement : on est dans un quartier résidentiel, où les maisons ne sont pas très proches les unes des autres et où personne ne s'occupe trop de ce que peut faire son voisin.

– Bref, soupira Corentin, personne ne sait à quelle heure est sorti ou rentré le docteur Lenobres, ni s'il a eu de la visite et quand. C'est ça ?

– Pour l'instant, oui… admit Adrien Vuillard. Mais on continue à bosser là-dessus. Vous voulez interroger Clotilde Samoyau, la femme de ménage ?

– Non, plus tard peut-être. Je suis sûr que vous êtes parfaitement capable de lui faire dire tout ce qui pourrait nous être utile, capitaine !

Ne jamais perdre une occasion de faire un peu reluire les gens avec qui on doit travailler… surtout lorsqu'on empiète sur leur territoire !

Boris Corentin et Géraldine Hébert ne tardèrent pas à prendre congé du capitaine Vuillard. Avec la promesse réciproque de rester en contact étroit, bien entendu.

– C'est pas ordinaire, cette affaire… murmura Géraldine, tandis qu'ils remontaient dans leur voiture de service, au moment où la pluie se remettait à tomber.

– D'accord avec toi, Petit bonhomme. Ce qui m'intrigue le plus, c'est cette histoire d'alcool : pourquoi aller arroser le cadavre de sa…

Corentin s'interrompit et claqua des doigts :

– Petit bonhomme, fais-moi penser à demander aux gars de l'identité judiciaire si le whisky qu'ils vont prélever dans le verre du salon est le même que celui de la bouteille se trouvant dans le cabinet.

– Pourquoi, c'est important ?

– Je n'en sais rien, figure-toi ! Mais quand les choses sont à ce point obscures, déroutantes, tout peut devenir important, par contrecoup, si je puis dire. C'est comme la revue : elle n'avait rien à faire par terre !

– C'est pas faux… crut bon d'ajouter Géraldine, parce qu'elle n'avait pas trouvé mieux.

Par moments, les raisonnements de Boris Corentin avaient un peu tendance à la dérouter. Mais c'était aussi pour ça qu'il était son « grand chef »…

CHAPITRE III

Le claquement sec du verrou résonna au cerveau d'Apolline Vinteuil comme celui d'une porte de geôle. Ce qui lui donna une envie immédiate, impérieuse de fuir cet appartement trop clair, trop moderne, trop « luxueusement dépouillé ».

Où elle était pourtant venue de son plein gré. Et, même, elle devait l'admettre, avec un certain espoir.

– Fais comme chez toi… l'incita gentiment la voix douce et grave de Jean-Patrick, depuis l'entrée.

Durant une seconde, Apolline eut envie de lui dire que si vraiment elle se comportait comme chez elle, il risquait d'en être fort déçu.

Car lorsque Apolline Vinteuil, souvent tard dans la soirée, se résignait enfin à rejoindre l'atelier de peintre où elle vivait et travaillait à la fois, sa seule activité consistait à boire en écoutant de la musique, jusqu'à être suffisamment ivre pour être capable de s'endormir.

La dose était toujours sensiblement la même : environ une demi-bouteille de whisky. Non, à bien y réfléchir, c'était plutôt une moyenne. En réalité, la quantité variait assez sensiblement, en fonction de la musique qu'elle avait choisie pour accompagner son ivresse.

Les soirs où elle optait pour l'une ou l'autre des symphonies de Gustav Mahler, le plus souvent la Troisième ou la Septième, l'exaltation un peu morbide que lui procurait cette musique faisait qu'un tiers de bouteille lui était suffisant pour atteindre l'état d'ébriété requis.

En revanche, si elle préférait la *Passion selon saint Mathieu* ou les *Variations Goldberg*, la sublime musique de Jean-Sébastien Bach avait sur elle des effets apaisants qui la contraignaient à boire davantage.

Mais, bien entendu, il n'était pas question d'expliquer ce genre de chose à Jean-Patrick… Jean-Patrick…

Apolline prit soudain conscience que, depuis environ deux heures qu'elle le connaissait, elle n'avait même pas eu la curiosité de s'enquérir de son nom de famille. Sans doute parce qu'elle n'en avait rien à faire.

Plutôt que de rester debout au mileu du vaste

salon, elle se lova dans l'immense canapé de cuir crème, qui faisait face à la baie vitrée occupant tout un côté.

Depuis le dix-huitième étage de cette tour du front de Seine, cette immense fenêtre offrait une vue panoramique sur tout l'ouest de Paris, avec la tour Eiffel en presque premier plan, l'Arc-de-Triomphe un peu plus loin, et décentré sur la droite, puis la forêt hérissée des tours de la Défense avec, presque à leurs pieds, à gauche le large tapis, actuellement rouge et or, du bois de Boulogne.

Apolline laissa ses regards errer tout autour de la pièce où elle se trouvait. Malgré ses proportions – ou à cause d'elles –, le vaste salon ne contenait pratiquement aucun meuble, en dehors des deux canapés se faisant face, d'une table basse en acier chromé et verre fumé, et d'une chaîne hi-fi Bang & Olufsen dernier modèle.

Sur les murs blancs, plusieurs lithographies reproduisant des œuvres d'artistes célèbres du XXe siècle, essentiellement américains : Twombly, Rauschenberg, Pollock, Warhol, Albers, Klein, etc.

Apolline eut un petit sourire teinté de condescendance. Comme cet appartement ressemblait bien à l'homme qui l'occupait ! Comme il en disait plus long sur lui que tous les discours !

Aucune faute de goût, bien entendu. Mais aucune

audace non plus. Pas une fantaisie. Les lithographies choisies étaient toutes de haute qualité, elles avaient été accrochées de manière satisfaisante pour l'œil, s'accordant très bien les unes avec les autres.

Mais, de tout cela, se dégageait une impression de conformisme, de respect des modes, et, pour tout dire, d'une absence de préférences esthétiques personnelles.

C'est exactement l'impression que Jean-Patrick avait produite sur Apolline, lorsqu'elle s'était aperçue qu'il la regardait avec une certaine insistance, au bar du Plaza-Athénée où elle s'était arrêtée prendre un thé (car elle ne buvait jamais d'alcool en public).

Elle s'était d'emblée fait la réflexion qu'il était vraiment très beau, et que la plupart des jeunes femmes qu'elle connaissait auraient été capables d'à peu près n'importe quoi pour s'adjuger ce morceau de roi – ou plutôt de reine.

Une petite quarantaine, grand, à la fois mince et athlétique, très soigné de sa personne, des gestes désinvoltes et élégants, Jean-Patrick ne passait pas inaperçu. Ne serait-ce qu'en raison de son épaisse chevelure d'or, savamment décoiffée, de ses yeux d'un vert étincelant et des traits à la fois énergiques et doux de son visage délicatement hâlé.

En soutenant le regard appuyé qu'il lançait dans

sa direction, Apolline s'était fait la réflexion qu'il présentait une certaine ressemblance lointaine avec Damien.

Et c'est cette réflexion, pourtant fugitive, qui avait été la cause de tout.

Lorsque Jean-Patrick avait quitté son fauteuil pour s'avancer vers sa table, d'une démarche souple et assurée d'elle-même, Apolline s'était dit que c'était le moment où jamais d'accomplir ce qui lui tournait dans la tête depuis déjà plusieurs semaines, sans encore avoir osé le faire.

Tant qu'à faire que de plonger dans l'inconnu, autant que ce soit avec un très bel homme.

Peut-être que celui-là saurait faire en sorte qu'elle se sache guérie ? Peut-être aurait-il, lui, le pouvoir de lever enfin la malédiction…

Il l'avait abordée d'une manière à la fois courtoise et directe, comme s'il trouvait indigne d'elle et de lui de dissimuler quel genre d'intérêt elle avait éveillé en lui. De cela, Apolline lui avait su gré : elle avait en horreur les simagrées assez piteuses auxquelles se livrent le plus souvent les hommes pour tenter de dissimuler à leurs éventuelles « proies » le désir sexuel qu'elles leur inspirent.

Et elle détestait encore bien davantage les minauderies des femmes pour essayer de faire naître le désir en question, tout en ayant l'air de n'y point penser.

Lorsque, au bout d'une demi-heure environ de conversation, Apolline avait mentionné le fait qu'elle était peintre, Jean-Patrick n'avait marqué qu'un intérêt poli et n'avait manifesté aucun enthousiasme exagéré.

De cela aussi, Apolline lui avait su gré : rien de plus ridicule que les hommes qui feignent, pour les activités des femmes avec lesquelles ils ont dans l'idée de coucher, une passion dont on voit bien, après deux phrases, qu'elle leur est totalement et définitivement étrangère...

Lorsque Jean-Patrick, après un temps raisonnable de conversation mondaine, lui avait proposé d'aller « boire une coupe » chez lui, Apolline avait failli refuser. En se disant que ça ne servait à rien, que les choses se passeraient probablement comme d'habitude.

Mais, alors que sa bouche s'apprêtait à formuler un refus poli et circonstancié, elle avait senti son corps se redresser et ses jambes se mettre en marche pour suivre Jean-Patrick à l'extérieur du Plaza.

Il roulait en Jaguar, naturellement.

Dans la voiture, qui sentait bon le cuir neuf, il n'avait pas tardé à poser sa main sur celle de sa passagère. Puis, de là, sur la partie dénudée de sa cuisse.

Apolline l'avait laissé faire. Non pas parce que ce contact lui était agréable, mais simplement parce qu'il lui était parfaitement indifférent.

Ce qui n'était pas de très bon augure pour la suite, avait-elle songé, plus fataliste que chagrine...

Plongée dans ses rêveries grises, Apolline Vinteuil sursauta légèrement lorsque Jean-Patrick fit irruption dans le grand salon, avec un plateau d'argent supportant un seau à champagne, deux flûtes, ainsi qu'une petite boîte de caviar posée sur un lit de glace pilée et deux minuscules cuillers en vermeil.

La jeune femme retint de justesse le petit sourire ironique qui lui montait aux lèvres.

Décidément, son partenaire ne laissait passer aucun poncif, dans le genre « séducteur classe »...

Parfois, Apolline Vinteuil se disait que, pour sortir vraiment d'elle-même, se débarrasser du poids atroce qui l'empêchait de vivre, elle devrait changer radicalement de genre, de milieu, dépouiller la jeune femme de bonne famille qu'elle était, pour plonger dans l'inconnu. Dans l'exotique, voire dans l'effrayant. Dans le « bas de gamme », pour le dire brutalement.

Certains soirs, dans les semi-brumes que l'alcool faisait lever dans son cerveau, elle s'imaginait s'arrêtant à la nuit tombée sur une aire d'autoroute et se livrant aux trois ou quatre chauffeurs routiers qui se trouveraient là. Ces rêves de cabines de poids-lourds, d'hommes rigolards et un peu brutaux, réussissaient parfois à la conduire à l'orgasme, avec l'aide de ses doigts, tout de même…

Mais, alors, c'était encore pire. Car, à peine le plaisir refluait-il de son ventre que l'image de Damien ressurgissait devant ses yeux, avec une netteté insupportable.

Ces soirs-là, Apolline Vinteuil se saoulait vraiment. « À mort », comme on dit. Sauf qu'elle ne mourait pas. Et que, le lendemain matin, la tête lourde, la bouche pâteuse, l'esprit au bord des lèvres et les mains tremblantes, il fallait commencer une nouvelle journée, tout reprendre à zéro, avec un fardeau un peu plus pesant sur les épaules…

– Je bois à notre rencontre… murmura Jean-Patrick, debout devant Apolline, qui réalisa soudain qu'elle avait une flûte de champagne dans la main droite.

Elle trempa machinalement ses lèvres dans le liquide pétillant et frappé. Elle aurait voulu en avaler juste quelques gouttes, comme une jeune femme bien éduquée, mais ce fut plus fort qu'elle : en deux gorgées, sa flûte fut vide.

– Eh bien ! s'exclama doucement Jean-Patrick, avec un petit sourire, pour quelqu'un que j'ai vu en train de boire du thé à la violette il y a moins d'une heure, on peut dire que tu sais surprendre ton monde !

– À chaque moment ses plaisirs, tu ne crois pas ? murmura Apolline, d'une voix qu'elle s'efforça de rendre aussi sensuelle que possible.

Pour faire bonne mesure, elle croisa ses jambes, en faisant crisser ses bas de soie l'un sur l'autre. Suffisamment haut pour que son hôte s'aperçoive qu'il s'agissait bien de bas et non de vulgaires collants.

Il s'en aperçut, en effet. Posant sa coupe sur la table basse, il se pencha en avant. Non sans plonger furtivement ses yeux dans le décolleté du chemisier grège d'Apolline.

Saisissant le menton de la jeune femme dans le creux de sa main gauche, il lui releva la tête et posa doucement ses lèvres sur les siennes.

Il se redressa presque aussitôt, afin de remplir leurs deux flûtes, avec un petit sourire tranquillement satisfait.

Apolline songea avec un peu d'amertume qu'il devait se sentir rassuré. Cette ébauche de baiser qu'elle lui avait accordée, c'était comme son ticket d'entrée à Disneyland : certain d'avoir accès libre à toutes les attractions du parc, il n'avait plus besoin de se presser.

Encore moins de faire d'efforts.

Il pouvait tomber la veste, et même la culotte, au propre comme au figuré.

Comme elle s'était trop avancée pour jouer encore les jeunes filles pleines de retenue, Apolline vida sa deuxième flûte aussi vite que la première, avant de la tendre à son hôte d'un geste brusque :

– J'en veux bien une autre !

Il la regarda d'un air hésitant :

– Tu es certaine que tu ne veux pas attendre un peu ? On a tout le temps, tu sais…

– J'en veux une autre ! se contenta-t-elle de répéter, avec la mine butée d'une gamine capricieuse.

Sans un mot, Jean-Patrick saisit la bouteille par le goulot pour accéder à son désir. Mais elle vit bien, à son air un peu moins guilleret qu'il commençait à se demander s'il avait fait une aussi bonne affaire que cela, en accostant cette grande fille brune au bar du Plaza.

Apolline se dit qu'il lui fallait mettre un peu d'huile dans les rouages. Après tout, si elle avait accepté de le suivre jusqu'à chez lui, c'était dans l'espoir qu'il pourrait l'aider à sortir de la prison dans laquelle elle se trouvait enfermée.

Enfermée depuis maintenant huit ans, deux mois et sept jours, très exactement.

Elle saisit la flûte qu'il lui tendait et la reposa immédiatement sur la table basse. Puis, clle leva son visage vers lui et lui offrit le plus beau sourire dont elle était capable.

– Tu as raison, murmura-t-elle, en prenant cette voix un peu rauque dont elle connaissait l'effet sur les hommes. Nous avons tout le temps de boire... après !

Immédiatement, le sourire revint sur les lèvres de Jean-Patrick. Considérant, à juste titre, la remarque d'Apolline comme un « feu vert », il se laissa tomber dans le canapé à côté d'elle, la prit par les épaules pour l'attirer contre lui et écrasa sa bouche sur la sienne.

Apolline glissa sa main droite derrière la nuque de l'homme et plongea ses longs doigts fins dans son épaisse chevelure dorée.

Se sentant encouragé à aller de l'avant, Jean-Patrick partit à la découverte de la poitrine menue et ferme de sa partenaire. D'abord, il se contenta de la caresser à travers le fin chemisier. Mais, très vite, il en fit sauter les boutons afin d'entrer directement en contact avec la peau satinée et blanche de la jeune femme qui, comme presque toujours, ne portait pas de soutien-gorge.

Apolline sentit l'espoir l'envahir, lorsque, sous les caresses de cette main d'homme, les pointes de ses petits seins durs commencèrent à s'ériger.

C'était signe que son corps réagissait, s'éveillait lentement. Signe qu'il était encore capable de s'émouvoir *dans des conditions normales*…

D'elle-même, Apolline insuffla plus de passion à leur baiser, allant hardiment au devant de la langue chaude et impérieuse qui forçait le passage de ses lèvres.

En même temps, elle laissa glisser sa main de la nuque au torse de Jean-Patrick, le caressant à travers sa fine chemise de soie, éprouvant avec un certain plaisir la souplesse et la fermeté de ses pectoraux.

En même temps, elle se rendait bien compte que sa tête restait froide. Que son cerveau analysait au fur et à mesure ce que son corps ressentait. Elle notait que Jean-Patrick embrassait très bien – qualité finalement assez peu courante chez les hommes, du moins d'après son peu d'expérience. Ou encore que le contact de ses doigts faisant rouler ses mamelons dressés lui était plutôt agréable.

Mais, avec la même lucidité, elle se signalait à elle-même que, pour l'instant, les replis de son intimité demeuraient d'une désespérante sécheresse…

Elle s'efforça de ne pas y penser. De faire le vide.

De se consacrer uniquement à ce qu'elle était en train de faire. De se concentrer sur ses sensations.

Justement, Jean-Patrick venait à l'instant d'abandonner sa poitrine pour se lancer dans une nouvelle exploration, située nettement plus au sud.

Il caressa d'abord ses genoux, puis le milieu de ses cuisses, là où elles étaient gainées de soie, avant de s'aventurer plus haut, plus loin sous la jupe.

Lorsque les doigts masculins parvinrent à la lisière de sa petite culotte de dentelle, Apolline se dit qu'elle devait participer à l'action, d'une manière ou d'une autre. Elle choisit d'imiter son partenaire.

Posant une main sur sa cuisse musclée, elle la laissa remonter en direction de son entrejambe.

Jean-Patrick poussa une sorte de grognement de gorge, lorsque la main douce se posa sur son membre raide, afin de le malaxer, d'abord assez doucement, puis avec de plus en plus d'énergie.

Il profita de ce que sa partenaire s'enhardissait pour pousser son avantage lui aussi. Crochetant d'un doigt l'élastique de la culotte qui contrariait ses désirs, il se faufila jusqu'au buisson touffu et sombre – la porte du paradis.

Apolline mit fin à leur long baiser et rejeta la tête contre le canapé.

– Oh ! oui, caresse-moi la chatte, j'aime tellement

ça… souffla-t-elle, d'une voix énamourée, tandis que ses doigts pétrissaient de plus en plus fébrilement le membre dur et gonflé de son partenaire.

Mais les mots qu'elle prononçait – elle s'en rendait parfaitement compte – lui étaient dictés par son cerveau. Ils n'étaient pas l'expression d'un désir réel, profond. D'un désir parti de son corps.

En revanche, ils produisirent un effet certain et immédiat sur son partenaire, qui prit possession de son ventre avec un gémissement sourd.

Il marqua un léger temps d'arrêt, comme s'il était surpris, décontenancé, de la trouver à ce point sèche et fermée. Pour dissiper ce léger malaise, ou pour détourner son attention, Apolline entreprit de dégrafer son pantalon afin de mettre au jour son orgueilleuse virilité.

De fait, Jean-Patrick était ce qu'il convient d'appeler « bien monté ». Son sexe était épais, de belle taille, parfaitement proportionné, légèrement noueux et doté d'une tête brune de la taille d'un petit œuf.

– Branle-moi un peu, j'adore ça… souffla Jean-Patrick, en renversant sa tête en arrière. Doucement, surtout…

Apolline fit ce qu'il lui demandait. Consciencieusement. Sans plaisir ni dégoût. En même temps, son partenaire continuait de fourrager entre ses cuisses, sans obtenir de son corps la moindre moiteur annonciatrice de désir.

Au contraire, Apolline avait l'impression que plus les doigts masculins allaient et venaient en elle, plus elle se fermait, se rétractait…

– Suce-moi… geignit Jean-Patrick, d'une voix presque implorante.

Apolline se pencha en avant, enserrant le membre viril à sa base afin de le maintenir dressé vers elle. Puis, elle se pencha vers lui, avec l'intention de le faire coulisser entre ses lèvres préalablement humectées du bout de la langue.

Mais, au moment où elle allait emboucher la lourde verge, celle-ci disparut et une autre s'y substitua, sous les yeux interloqués d'Apolline.

Une virilité sans doute moins impressionnante par sa taille, mais tellement plus belle et parée, aux yeux d'Apolline, de tous les prestiges du plaisir qu'elle était capable de dispenser sans s'épuiser jamais.

La virilité de Damien.

La seule qui ait su la faire réellement vibrer, la transporter de bonheur, hors de son propre corps.

Le sexe tant aimé de Damien, qu'elle ne sentirait plus jamais dans son ventre.

La verge de Damien qui, comme tout le reste de son corps, avait sans doute déjà achevé de pourrir sous la terre grasse et dévoratrice de vie.

Des larmes plein les yeux, Apolline Vinteuil se redressa, arracha littéralement de son intimité les doigts qui la fouillaient et jaillit hors du canapé.

– Mais… qu'est-ce qui t'arrive ? bafouilla Jean-Patrick. Tu as un problème ?

– Si on veut, répondit la jeune femme sans le regarder. Mais il ne te concerne pas. Excuse-moi, je n'aurais jamais dû te suivre jusqu'ici. Pardonne-moi…

Et, avant qu'il ait eu le temps de dire quoi que ce soit, Apolline s'était littéralement enfuie du salon. Lorsque Jean-Patrick reprit ses esprits, ce fut pour entendre claquer la porte d'entrée. Il fut tenté de se lancer à la poursuite de sa « conquête », pour la persuader de rester.

Finalement, il y renonça, avec une petite moue fataliste : les folles de ce genre, il valait toujours mieux les tenir à distance, c'était son opinion.

Comme son sexe se dressait toujours hors de son pantalon, Jean-Patrick l'empoigna de sa main droite et entreprit de le masturber avec une certaine nonchalance. Juste histoire de finir ce que l'autre tordue avait commencé, afin de pouvoir passer sereinement à autre chose.

Jean-Patrick n'avait jamais été un garçon compliqué…

*
* *

Apolline Vinteuil ne reprit une respiration à peu près normale que lorsqu'elle referma derrière elle la porte du grand atelier de peintre qu'elle louait, dans le quartier de la Bastille, au fond d'une grande cour carrée très calme et aux allures vieillotes, au centre de laquelle un bouleau poussiéreux réussissait à pousser malgré l'absence presque totale de soleil.

Malgré sa taille, l'atelier se louait très peu cher, justement à cause de cette absence de lumière, qui rebutait la plupart des artistes. Mais pas Apolline Vinteuil, qui se qualifiait elle-même de « peintre de l'obscur »…

Elle traversa l'atelier proprement dit, en diagonale, sans jeter le moindre coup d'œil aux toiles, terminées ou en cours d'exécution, qui s'y entassaient, soit sur des chevalets, soit à même le sol en vieux carrelage.

Arrivée à la partie « privée » de l'atelier, séparée du reste par un simple rideau coulissant, elle se laissa tomber à plat ventre sur son lit.

Le corps secoué par de gros sanglots libérateurs qui crevèrent d'un coup, comme un orage d'été très longtemps désiré.

Une fois de plus, elle avait échoué. Ce plaisir des

sens, que tant de femmes connaissaient sans faire le moindre effort pour l'obtenir, ce plaisir la fuyait obstinément.

Depuis exactement huit ans.

Depuis Damien.

Elle ne l'avait retrouvé que trois fois, presque aussi intense et bouleversant qu'avec lui, mais d'une tout autre nature, et assez effrayant, pour tout dire.

Dans la mesure où, les trois fois, ce fulgurant orgasme s'était conclu par la mort violente de l'homme qui le lui avait procuré. Mort donnée de la main même d'Apolline.

CHAPITRE IV

L'escalier de bois gémissait horriblement sous les pas de Géraldine Hébert, malgré ses efforts pour se faire aussi légère que possible. Dans la cage d'escalier un peu sombre – une ampoule sur deux à peu près ne fonctionnait plus –, régnait un indéfinissable mélange d'odeurs de cuisine, ce qui, au fond, n'avait rien d'étonnant, vu qu'il était déjà plus de onze heures et demie.

À chaque palier, de derrière les portes closes, parvenaient à Géraldine des bruits divers, eux aussi entrelacés les uns aux autres : cris d'enfants, réprimandes parentales, musiquettes à la mode sortant des postes de radio, aboiements de chiens, voix trop joyeuses d'animateurs télé…

Parvenu au quatrième, Géraldine s'octroya quelques secondes de pause. En se disant que, si Boris Corentin avait été avec elle, il n'aurait pas manqué de se moquer gentiment de son défaut d'entraînement…

Mais Boris Corentin n'était pas là. Aimé Brichot et lui étaient tombés d'accord pour l'envoyer seule interroger une nouvelle fois Clotilde Samoyeau, la femme de ménage du docteur Lenobres, qui avait découvert son corps mutilé sur la table d'auscultation.

Lors de son premier interrogatoire officiel, elle n'avait pratiquement rien appris aux enquêteurs.

– C'est peut-être parce qu'elle était dans nos locaux et encore sous le choc, avait expliqué Corentin à sa jeune coéquipière. Il est possible qu'aujourd'hui, et dans un cadre plus familier, elle se laisse plus aller. Surtout avec une femme d'à peu près le même âge qu'elle. En plus, elle habite vraiment à deux pas de chez toi, alors…

Clotilde Samoyeau avait 24 ans et vivait seule dans un cinquième étage du 12e arrondissement, rue Traversière, en effet à quelques centaines de mètres de la rue Trousseau où habitait Géraldine Hébert.

Celle-ci reprit son ascension pour gravir le dernier étage qui lui restait à parcourir.

De toute façon, l'escalier grinçant n'allait pas plus loin que le cinquième. Sur le palier, deux portes seulement. Sur celle de droite était punaisée une fiche de type « bristol » sur laquelle était inscrit

« Samoyeau Clotilde », à la main, en grosses lettres un peu maladroites. Comme il n'y avait pas de sonnette, Géraldine frappa deux coups au chambranle.

Aussitôt, les flons-flons qui lui parvenaient de l'intérieur s'arrêtèrent. Géraldine perçut le glissement d'un pas sur ce qui devait être du lino, et la porte s'ouvrit.

Géraldine Hébert se retrouva face à une jeune femme blonde, aux cheveux en désordre, dont le corps était enveloppé à la diable dans une robe de chambre fatiguée, imprimée de grosses fleurs bleues.

Géraldine se fit la réflexion que Clotilde Samoyeau devait être plutôt jolie, lorsqu'elle n'avait pas les traits tirés, la mine blafarde et les yeux rougis par les larmes, comme c'était le cas en ce moment.

– Mademoiselle Samoyeau ? fit-elle avec un sourire engageant. Je suis le lieutenant Hébert...

La blonde parut se détendre un peu, et un pâle sourire répondit même à celui de Géraldine.

– Ah ? vous êtes une femme ? s'étonna-t-elle, sans réfléchir à ce qu'elle disait.

– On dirait bien, non ? répondit Géraldine du tac au tac, en accentuant son sourire.

S'apercevant de la bêtise qu'elle venait de proférer, Clotilde Samoyeau pouffa, ce qui la rendit tout de suite beaucoup plus jolie et attirante.

Du coup, en incorrigible « féminophile », Géraldine Hébert s'avisa que, malgré la grosse robe de chambre qui gommait partiellement ses formes, la femme de ménage du docteur Lenobres semblait également tout à fait appétissante. Mais, bon : elle était là pour bosser…

– Non, c'que j'voulais dire, c'est que je croyais que c'était un flic hom… enfin, un policier, quoi, qui viendrait m'interroger, et pas une fille, se justifia la jeune femme, sans cesser de sourire. Bon, ben… entrez…

Géraldine pénétra dans une petite entrée carrée où se trouvait un petit meuble de bois blanc, sans portes, contenant plusieurs paires de chaussures et du matériel de cirage.

Elle suivit Clotilde dans une pièce dont l'unique fenêtre donnait sur la rue Traversière. Pièce « à tout faire », apparemment, aussi bien salon que salle à manger, même si ce dernier terme était un peu pompeux pour désigner la petite table en formica blanc, les deux chaises et le buffet assortis, qui s'organisaient autour de la porte donnant sur une minuscule cuisine.

– J'ai préféré faire ma chambre du côté de la cour, c'est quand même plus calme… pour dormir… crut devoir expliquer Clotilde Samoyeau.

S'apercevant que l'unique canapé de la pièce était encombré de linge en attente de repassage, elle se hâta de prendre la pile pour la déposer tant bien que mal sur une chaise voisine. Dans l'ensemble, elle n'avait pas l'air d'être un modèle d'ordre, ce qui était quand même le comble pour une femme de ménage professionnelle…

Géraldine Hébert se dit que, après avoir briqué et astiqué chez les autres toute la journée, on ne devait pas forcément avoir envie de remettre ça chez soi, le soir venu.

– Asseyez-vous, l'invita Clotilde en désignant le canapé fraîchement débarrassé. J'allais me servir un café : vous en voulez une tasse ?

– Mais oui, pourquoi pas ? répondit Géraldine en s'installant. Sans sucre, s'il vous plaît…

– Ah ben, c'est comme moi, remarqua Clotilde, avant de passer dans la petite cuisine.

Elle revint presque aussitôt avec deux tasses, qu'elle déposa sur la caisse en bois faisant office de table basse. Puis, elle prit place sur le petit canapé, à côté de Géraldine, de biais pour pouvoir la regarder.

Instinctivement, celle-ci baissa les yeux et put constater, les pans de la robe de chambre s'étant ouverts, que Clotilde Samoyeau avait de fort jolies cuisses rondes, charnues juste à point…

– Vous voulez savoir quoi, au juste ? s'enquit Clotilde, en se penchant pour saisir sa tasse de café fumant.

Ce faisant, elle offrit durant une seconde ou deux à Géraldine, une vision parfaite sur sa poitrine, légèrement tombante mais loin d'être sans attrait.

– Vous savez, je crois que j'ai déjà tout dit à vos collègues, hier… crut bon de préciser la jeune femme, après avoir bu une gorgée de café.

– On ne sait jamais… éluda Géraldine, en avalant à son tour quelques gouttes du breuvage, qui tenait plus de la tisane que du véritable café.

Se doutant que si elle attaquait directement par la découverte macabre que la jeune femme avait faite la veille, celle-ci risquait de se bloquer, Géraldine Hébert décida de la prendre « par la bande », comme Boris Corentin lui avait plusieurs fois répété qu'il convenait de faire :

– Vous vivez seule ici ?

– Ben ouais… répondit Clotilde, en haussant légèrement les épaules. C'est pas tellement par choix, d'ailleurs… Plutôt la vie comme elle va, voyez… Et vous ?

Géraldine aurait pu lui rétorquer que c'était à elle de poser les questions et non l'inverse. Mais si elle voulait instaurer un climat de confiance avec la jeune femme, ce n'était sûrement pas la meilleure solution...

– Non, je vis avec une amie, depuis déjà plusieurs mois, répondit-elle avec un petit sourire.

– Ah ? Vous êtes en coloc' ? Il paraît que ça se fait de plus en plus en plus. Vu les loyers de dingues à Paris, ça m'étonne pas, remarquez...

Elle aurait très bien pu se contenter de répondre par l'affirmative, ou même éluder la question que venait de poser Clotilde Samoyeau. Mais, mue par une sorte d'impulsion, Géraldine décida de jouer cartes sur table.

– En fait, je ne vis pas avec avec *une* amie, mais avec *mon* amie, dit-elle doucement, en insistant bien sur l'article et le possessif. Vous comprenez ?

Durant une seconde ou deux, la jeune femme parut interdite. Puis, ses pommettes se colorèrent légèrement et Géraldine eut l'impression qu'une lueur trouble éclairait fugitivement son regard bleu pâle.

De fait, comme pour la confirmer dans cette impression, Clotilde Samoyeau baissa les yeux et c'est sans regarder son interlocutrice qu'elle laissa tomber, dans un souffle :

– J'ai hébergée une amie, moi aussi, il y a deux ans... mais ça n'a pas marché...

– On ne peut pas réussir à tous les coups, dit

doucement Géraldine, en posant sa main sur la sienne.

Clotilde frissonna légèrement et ne retira pas sa main. Mais, lorsqu'elle releva la tête, son regard clair était devenu beaucoup plus brillant…

Géraldine finit par rompre le contact, non sans avoir légèrement caressé le poignet de Clotilde du bout des doigts, faisant naître de minuscules frissons, juste sous sa peau fine et douce, que les ménages n'avaient pas encore eu le temps de rougir et de durcir.

Ne perdant pas de vue qu'elle était en service commandé, Géraldine décida de profiter de l'espèce d'intimité sensuelle qui venait de se créer entre elles deux.

– Vous vous entendiez bien avec le docteur Lenobres ? demanda-t-elle, sur un ton anodin, comme si elle n'attachait aucune importance particulière à la question.

– Ah ! oui, très bien ! répondit Clotilde sans la moindre hésitation. Il était vraiment très gentil avec moi. C'est pas comme certains autres, si je vous racontais…

– Quel genre d'homme c'était ?

Clotilde leva les yeux au plafond et prit soin de réfléchir plusieurs secondes avant de répondre :

– Je crois qu'il n'était pas très heureux, en fait. Il

me semble qu'il devait mener une vie un peu triste… Du genre solitaire, voyez…

– Vous pensez qu'il y avait une femme dans sa vie ? demanda Géraldine. Enfin : une ou plusieurs, hein !

Elle fut très surprise de voir le visage de Clotilde Samoyeau s'empourprer, à cette évocation d'une possible vie sentimentale et sexuelle de son ancien employeur.

– Ah ! non, ça, certainement pas ! répondit-elle très vite, sur un ton un peu trop véhément, presque indigné.

– Mais comment est-ce que vous pouvez en être si sûre ? la contra doucement Géraldine. Puisque vous ne veniez chez lui que le matin, si j'ai bien compris…

Cette fois, la jeune femme se troubla franchement. Elle rougit et se mordit la lèvre inférieure, comme pour se punir d'avoir parlé trop vite.

– Oui, enfin, bon : c'est juste l'impression que j'ai, hein ? tenta-t-elle de se justifier, sans même oser regarder Géraldine en face. En fait, vous avez raison : j'en sais rien du tout de ce que le docteur pouv…

– Clotilde, voyons… l'interrompit calmement Géraldine, avec une nuance de reproche.

Elle lui prit le menton dans sa main droite et la

força avec douceur mais fermeté à relever la tête vers elle et à la regarder dans les yeux.

– Tu es en train de me cacher quelque chose, ce n'est pas très gentil, je trouve… murmura-t-elle, en passant instinctivement au tutoiement.

Elle fut un peu surprise lorsque Clotilde, après avoir poussé un gros soupir, lui prit la main et imprima dans sa paume un baiser passionné.

– C'est que je ne suis pas particulièrement fière de tout ça, murmura-t-elle, en embrassant de nouveau la main de Géraldine, qui n'osait pas la reprendre, de peur que son interlocutrice ne se replie sur elle-même.

– Voyons, Clotilde, ne sois pas sotte, dit-elle avec autant de douceur qu'elle le pouvait, entre nous, on peut tout se dire, non ? On est pareil…

Géraldine n'insista pas sur ce qu'elle entendait par ce « pareil », mais elle eut l'impression que la jeune femme le prenait dans le même sens qu'elle.

Après une ultime hésitation, Clotilde laissa tomber, en détournant légèrement la tête :

– Le docteur Lenobres se sentait vraiment très seul, dans sa vie… Sans amour, surtout. Et comme il était toujours très gentil avec moi…

Géraldine Hébert commençait à mieux comprendre de quoi il retournait.

– Tu couchais avec lui, c'est ça ? murmura-t-elle,

en caressant doucement la joue de Clotilde. Tu peux me le dire, va. Il n'y a pas de honte…

– C'est pas exactement ça, répondit la blonde. S'il m'avait demandé ça, je crois que j'aurais refusé : ça m'a toujours pas mal dégoûtée, le machin des mecs. Et l'idée qu'ils puissent me l'enfoncer dans la… Enfin, bref. Je ne sais même plus comment on en est arrivé là, la première fois, toujours est-il que, environ une fois par semaine, parfois moins, il venait un peu plus tôt, à son cabinet, pendant que j'y étais encore et…

– Et ?… l'encouragea Géraldine, en passant son bras autour de ses épaules.

– Je m'allongeais sur la table d'auscultation, la blouse ouverte, il m'enlevait ma culotte et il me léchait tout en se… enfin, tu me comprends…

– Et ça te faisait plaisir ? voulut savoir Géraldine. Je veux dire : il te faisait jouir ?

– Oh ! ça, non ! se défendit Clotilde, assez comiquement. Disons que ça ne me dérangeait pas trop. Et puis, en général, il « crachait » assez vite, alors…

– Eh bien ! il n'y a pas de quoi en faire une histoire, soupira Géraldine, un peu déçue par l'insignifiance de ce qu'elle venait d'apprendre.

– C'est que c'est pas tout, fit Clotilde, d'une toute petite voix. Après, il me donnait un billet de cinquante euros. La première fois, ça m'a mise en colère et je lui ai dit carrément que j'étais pas une pute ! Mais il m'a dit que ça n'avait rien à voir, puisque je ne lui avais rien demandé *avant*. Que c'était juste un petit cadeau pour me faire plaisir. Alors, tu comprends, comme je ne gagne pas lourd, avec mes ménages... Mais, du coup, à cause de ce foutu billet, j'avais quand même l'impression d'être un peu une pute...

Bref, songeait Géraldine, une petite histoire de cul banale, et sans aucun intérêt pour l'enquête.

– Dis donc, finit-elle par dire, après un long moment de silence, elle n'avait pas l'air drôle, la vie de ton pauvre toubib ! Qu'est-ce qu'il pouvait bien faire de ses soirées ? Il picolait devant les séries de TF1 ?

Clotilde sursauta et prit un air presque scandalisé :

– Ah ! non alors, ça, sûrement pas ! ce n'était pas du tout son genre !

– Qu'est-ce qui n'était pas son genre : les séries de TF1 ?

– Non, de picoler ! Le docteur Lenobres ne buvait jamais une goutte d'alcool !

– Pourtant, dans son salon, il me semble avoir vu un bar plutôt bien fourni, objecta Géraldine.

– Ça devait être pour recevoir ses rares visites, mais lui, jamais il buvait !

– Et comment tu peux en être aussi sûre ?

Clotilde prit des mines de conspirateur et dit, en baissant la voix :

– Si tu veux mon avis, c'était un ancien alcoolo qui avait complètement arrêté…

– Qu'est-ce qui te fait dire ça ?

– Eh ben, écoute, une fois, à Noël, je ne sais plus si c'est il y a deux ans ou trois, j'avais une petite boîte de chocolats avec moi et je lui en ai proposé un. Eh ben, tu me croiras si tu veux, mais au moment de choisir il m'a demandé de lui dire lesquels ne contenaient pas d'alcool. Alors ?

Effectivement, c'était l'un des signes à quoi on pouvait reconnaître un ancien alcoolique devenu totalement abstinent après une cure de désintoxication.

Et c'est ce même ex-alcoolique dont on avait retrouvé le cadavre arrosé d'alcools divers…

Ça valait le coup de répercuter ça à Boris Corentin. Lui, qui, depuis deux jours, n'arrêtait pas de dire que cette histoire d'alcool était une des clés de leur affaire…

– Il va falloir que je m'en aille maintenant, dit Géraldine, alors que, mine de rien, Clotilde avait doucement laissé aller sa tête sur son épaule. J'ai encore un max de taf…

Clotilde leva vers elle ses grands yeux bleus. Ils

brillaient d'une lueur que Géraldine connaissait bien, pour l'avoir déjà vue dans un certain nombre d'autres regards féminins…

– Tu es sûre que tu ne veux pas rester encore un moment avec moi ? demanda la blonde, d'une voix caressante, limite enjôleuse.

Et, pour mieux se faire comprendre, elle posa sa main sur la cuisse de Géraldine, qu'elle se mit à caresser à travers la toile de son jean moulant.

– Clotilde, murmura celle-ci, je te trouve très belle, très attirante… Seulement, tu vois, je vis avec une fille dont je suis amoureuse et je tiens à lui être fidèle.

Clotilde retira sa main et se redressa, avec un petit sourire un peu triste.

– Tu as raison, la fidélité, y a que ça de vrai, soupira-t-elle. N'empêche que je regrette… Elle a bien de la chance de t'avoir, ta copine ! Si jamais, un jour, vous vous séparez, tu reviendras me voir ? Eh ! je ne dis pas que je souhaite que ça casse entre vous, hein !

– J'avais bien compris… répondit Géraldine, en l'embrassant doucement au coin des lèvres.

Puis, écartant avec délicatesse les bras à demi nus de Clotilde qui s'étaient noués autour de son cou, elle se leva du canapé et se dirigea vers la porte d'entrée.

En regrettant confusément cette fichue promesse de fidélité qu'elle avait faite à Liselotte…

*

* *

Boris Corentin était tellement plongé dans les dossiers qu'il faisait défiler sur l'écran de son ordinateur iMac qu'il ne put s'empêcher de sursauter lorsque son téléphone de bureau se mit à sonner.

– Commandant Corentin, j'écoute…

– Commandant, c'est le capitaine Jourda à l'appareil. C'est au sujet de ce que vous et ce vieux Mémé m'avez demandé tout à l'heure…

Trois heures plus tôt, Boris Corentin et Aimé Brichot avaient mis un plan d'attaque au point. Car, bien entendu, malgré son petit « retard à l'allumage » de la veille, Brichot avait pris le train de cette enquête en marche.

– Mémé, lui avait dit Corentin, je suis persuadé qu'en arrosant le corps de sa victime d'alcool, l'assassin a voulu dire quelque chose. A voulu *nous* dire quelque chose. Mais quoi ?

– J'allais justement te poser la question…

– La réponse viendra plus tard, avait balayé Corentin, avec un geste de la main pour appuyer ses dires. Pour le moment, j'aimerais bien savoir si on est face à un cas isolé ou si la chose s'est déjà produite, ces derniers temps.

– Tu veux dire : qu'on zigouille un type puis qu'on arrose son cadavre de whisky ou de vodka ? avait demandé Brichot, en triturant machinalement la pointe de sa moustache entre le pouce et l'index.

– Exactement !

– J'ai un pote au service des coordinations inter-SRPJ : je peux peut-être l'appeler ?

Boris n'avait pas eu besoin de répondre, dans la mesure où son coéquipier avait déjà le combiné de son téléphone à la main et composait le numéro.

– Oui, Jourda, je vous écoute Mémé n'est plus là, il a dû rentrer un peu plus tôt chez lui : une affaire de gosse à aller chercher à l'école, si j'ai bien tout compris.

– C'est ça, de bosser avec des pères de familles, plaisanta le capitaine à l'autre bout de la ligne : on ne peut jamais vraiment compter sur eux !

Il redevint aussitôt sérieux :

– Dites, commandant, qu'est-ce qui vous a fait penser qu'il pourrait y avoir eu une autre affaire semblable à la vôtre ? En tout cas, vous avez mis dans le mille !

– Je vous écoute… fit Corentin, en s'efforçant de masquer son impatience.

– Sébastien Cournaud, 48 ans, patron d'une imprimerie à Lyon. A été tué chez lui, il y a pratiquemcnt un an, pendant que sa femme et ses deux gosses étaient en vacances. On a retrouvé son cadavre baignant littéralement dans des alcools divers. Et vous savez comment il a été tué ?

– Si je le savais je ne vous aurais pas dérangé... ne put s'empêcher de répondre Corentin.

– Oui, c'est vrai, pardon... Tenez-vous bien : on lui a enfoncé un tire-bouchon dans chaque œil ! Pas banal, hein ? Vous en pensez quoi, commandant ?

– Vous pouvez m'envoyer un mail avec le rapport du SRPJ de Lyon en « doc joint » ? demanda Corentin sans répondre à la question du capitaine Jourda.

– Je vous fais ça tout de suite, s'empressa celui-ci. Votre adresse, c'est bcorentin@ et la suite habituelle ?

– C'est ça...

– Vous avez le colis dans une dizaine de minutes au max. Au revoir commandant, et si vous avez besoin d'autre chose, n'hésitez surtout pas, hein !

Boris Corentin reposa le combiné, en proie à une certaine excitation. Il sentait qu'il venait de tirer un fil prometteur. Restait à savoir où il pouvait les conduire...

À peine raccroché, son téléphone sonna de nouveau. C'était Géraldine Hébert.

– T'es où, Petit bonhomme ?

– Dans un rade de la gare de Lyon, en train de m'enquiller une mousse, Grand chef. Et peut-être même que je vais lui mettre la deuxième couche juste derrière.

– Toujours aussi distinguée…

– Eh ! oh ! je suis flic, pas demoiselle de la Légion d'honneur, hein ! De toute façon, j'en avais besoin : imagine-toi que la Clotilde Samoyeau, toute désespérée qu'elle soit censée être de l'assassinat de son patron, elle a quand même failli me violer tout debout !

– Voyez-vous ça ! Et par quel miraculeux hasard est-ce que tu as résisté ?

– Je suis une fille fidèle, moi ! Une sorte d'Aimé Brichot au féminin, si tu veux…

– L'image est plaisante, je reconnais. Et à part ça, ta visite a donné quoi ?

Géraldine Hébert résuma dans les grandes lignes son entrevue avec la femme de ménage du docteur Lenobres. Sans rien en omettre :

– Toute gouinette qu'elle soit, la Clotilde, ça ne l'empêchait pas de se laisser brouter l'abricot par son patron en échange d'un billet de cinquante euros, signala Géraldine à son supérieur hiérarchique. Et l'autre se paluchait en même temps, tu vois le tableau, Grand chef ?

– Assez bien, oui… Autre chose ?

– *Yes, sir* ! Clotilde Samoyeau est formelle : d'après elle, le toubib était un alcoolo repenti qui ne touchait jamais à un godet. C'est bizarre, non, qu'on l'ait justement arrosé d'alcool après lui avoir sectionné le service trois-pièces ? Bon, je fais quoi, là, mainternant, grand chef ?

– Tu termines ta bière et tu rentres retrouver cette chère Liselotte, que je te demanderai d'embrasser de ma part, aussi tendrement qu'il m'est permis et aussi chastement qu'il t'est possible, plaisanta Corentin.

– L'équilibre va pas être facile à trouver ! rigola Géraldine avant de couper la communication. Bonne soirée, Grand chef ! Et pas trop de folies de ton corps, hein ? N'oublie pas que les années s'accumulent, mine de rien !

Elle raccrocha avant la bordée d'injures qui n'allait pas manquer de suivre sa remarque.

Après avoir raccroché à son tour, Boris Corentin se mit à rire tout seul. Décidément, Géraldine lui plaisait de plus en plus, à mesure qu'il apprenait à la connaître mieux. Ce qu'il aimait surtout, chez elle, c'était ce mélange de gouaille faubourienne « à l'ancienne », alliée à un fond de mélancolie qui affleurait parfois, lorsqu'elle se laissait un peu aller.

Dans ces circonstances-là, Boris savait qu'il

n'aurait pas fallu beaucoup le pousser, et même pas du tout, pour que ses relations avec Géraldine prennent un tour nettement plus intime…

Malheureusement, ça ne dépendait pas de lui.

Malheureusement ou heureusement. Car il savait, pour l'avoir expérimenté une fois ou deux par le passé, que les amours et le boulot font assez rarement bon ménage, en particulier dans un milieu aussi fortement hiérarchisé que la police.

Et ça devient carrément l'enfer, lorsque les amours se barrent et que le boulot reste…

Il en était là de ses rêveries plus ou moins sentimentales – la nuit était à présent complètement tombée sur Paris –, lorsque le « ding » de sa boîte mail l'en tira.

Boris Corentin ouvrit le message électronique, puis le document qui y était joint. C'était le rapport établi par le SRPJ de Lyon, à l'issue de l'enquête relative à l'assassinat de l'imprimeur Sébastien Cournaud.

Corentin faillit sauter la partie purement « biographique » du personnage, pour aller directement à l'essentiel, à savoir les circonstances du meurtre. Pourtant, par acquit de conscience, il parcourut rapidement la première partie du rapport.

Il fit bien.

Car soudain, à la quatrième ligne de la fiche

signalétique, son regard se durcit et s'immobilisa.

Il était signalé que Sébastien Cournaud était né le 19 mars 1959 à Évreux, dans l'Eure.

Grâce à sa mémoire parfaite, Corentin n'eut pas besoin d'ouvrir le dossier du docteur Philippe Lenobres. Il savait ce qu'il allait y lire : que le gastro-entérologue était né, lui, le 2 janvier 1963.

Également à Évreux.

Cette fois, à moins d'un hasard toujours possible, il tenait peut-être quelque chose de sérieux.

Boris Corentin poursuivit sa lecture du rapport, relatant dans quelles circonstances avait été découvert le corps (les voisins avaient appelé la police à cause du chien de l'imprimeur qui n'arrêtait pas d'aboyer), puis les détails de l'enquête, laquelle n'avait abouti à rien de concret.

Puis, il entreprit de lire les dépositions des différents témoins. Les deux premiers, les voisins déjà évoqués et l'épouse de la victime, n'avaient rien de très intéressant à révéler.

En revanche, dans le témoignage de l'assistante de l'imprimeur figurait une information capitale. Qui fit comprendre à Corentin que la piste qu'il avait flairée était certainement la bonne.

Bénédicte Flossard avait signalé aux enquêteurs un fait en apparence annexe, qui avait été ensuite confirmé – mais de mauvaise grâce, disait le rapport

– par Marie-France, la propre épouse du mort.

Cinq ans plus tôt, Sébastien Cournaud avait dû suivre une cure de désintoxication.

Et, depuis, il n'avait plus retouché à la moindre goutte d'alcool.

CHAPITRE V

Apolline Vinteuil posa le disque CD dans son logement, referma le couvercle de la chaîne. Presque aussitôt, dans l'atelier silencieux, une lente et douloureuse mélopée s'éleva, jouée au violon, à peine murmurée, accompagnée par un délicat ruissellement de piano.

Le compositeur estonien Arvo Pärt, *Spiegel im spiegel.*

C'était presque toujours cette musique, presque insupportable de nostalgie et de regret, que la jeune femme faisait jouer, dans des soirs comme celui-ci. Les soirs où elle ne voulait penser à rien ni personne d'autre qu'à Damien.

C'était même la seule musique qu'elle supportait. Toutes les autres lui semblaient une sorte de viol, d'intrusion brutale entre elle et Damien.

Damien, son frère. Son double. Son autre elle-même. Son reflet à jamais disparu, invisible pour le restant des jours, et surtout des nuits.

Le corps enveloppé dans la vieille robe de chambre de son adolescence, dont elle n'avait jamais consenti à se séparer bien qu'elle fût devenue informe, Apolline alla se pelotonner dans le canapé à demi défoncé, situé à l'extrémité de la pièce opposée à la porte de l'atelier.

Juste en face d'un téléviseur à écran plat géant, relié à un lecteur de DVD, seule touche de modernisme, dans cet atelier où tout semblait vieillot, désuet, obsolète, à jamais figé dans une époque révolue.

À côté d'elle, sur un simple tabouret faisant office de table de salon, étaient posés une bouteille de whisky *Famous Grouse*, aux trois quarts pleine, et un verre.

Il était près de neuf heures du soir, Apolline n'avait pas encore avalé une goutte d'alcool. Elle s'efforçait de commencer le plus tard possible, les jours où elle ne peignait pas, malgré la légère mais pénible trémulation de ses mains, lui signalant que son organisme réclamait sa dose, exigeait son dû, pour la laisser enfin tranquille.

Les jours où elle devait travailler, où elle devenait Dionysia Saint-Valdor, son nom d'artiste, Apolline était bien entendu obligée de se mettre à boire beaucoup plus tôt dans la journée, afin que la main maniant le pinceau redevienne ferme et précise dans ses gestes.

Et c'était la même chose lorsqu'elle devait tuer.

Plongée dans une sorte de rêverie planante, sans objet précis, par la musique plaintive d'Arvo Pärt, Apolline tendit la main et attrapa la bouteille par le goulot. Elle emplit le verre à moitié et avala une grande gorgée de whisky, avant même d'avoir revissé le bouchon métallique.

Presque aussitôt, malgré la traînée de feu que l'alcool répandait tout au long de sa gorge, elle se sentit mieux. Ou, plus exactement moins mal.

Car Apolline Vinteuil ne se sentait jamais bien. Pas une seule fois elle ne s'était sentie bien, depuis huit ans. Et elle se doutait qu'elle ne se sentirait plus jamais bien.

Même quand elle « les » aurait tous tués.

Elle but une seconde gorgée de whisky, avec déjà un peu moins d'avidité que la première fois, puis reposa le verre sur le tabouret de bois verni, et saisit le grand agenda noir posé sur le canapé, à sa droite.

Il était temps de se mettre au travail. De se replonger dans l'abjection, comme on le fait dans une eau trop froide : d'un seul coup. Pour en finir le plus rapidement possible, quitte à avoir le souffle coupé.

Apolline Vinteuil ouvrit l'agenda. C'est-à-dire, pour elle, les portes de l'Enfer.

Ils étaient là, à l'intérieur, tous. Les six démons qui la torturaient sans relâche, jour et nuit, surtout la nuit, depuis un peu plus de huit ans.

Désormais, depuis qu'elle avait réglé le cas de Philippe Lenobres, ils n'étaient plus que deux, à circuler librement dans le monde réel. Les quatre premiers, eux, avaient rejoint définitivement les ténèbres qui les avaient vomis, quelques années plus tôt.

Grâce à elle, Apolline Vinteuil.

Avant d'ouvrir l'agenda posé sur ses jambes repliées, elle étendit le bras, saisit le verre et le vida d'un trait. Pour se donner le courage nécessaire…

Elle attendit qu'une bienfaisante bouffée de chaleur envahisse son visage, avant de sauter le pas. Lorsqu'elle sentit son esprit devenir plus immatériel, le cercle de fer se desserrer autour de son cerveau, elle eut alors la force d'ouvrir d'agenda. Elle alla directement à la bonne page.

Celle consacrée à Chantal de Siniargues, le cinquième nom sur sa liste funèbre.

Chantal de Siniargues était la seule femme de la bande, ce qui risquait de poser quelques problèmes inédits, Apolline en avait parfaitement conscience.

Car elle tenait à ce que, malgré cette inversion de

sexes, tout se passe avec Chantal de Siniargues comme ça c'était déroulé avec les quatre précédents.

Sans trop savoir pourquoi, elle sentait qu'il lui fallait respecter les modalités d'exécution...

Après s'être resservi un demi-verre de whisky, Apolline Vinteuil se plongea dans les trois pages de notes, d'une petite écriture serrée, qu'elle avait prises au fil des mois, pour ne pas dire des années, concernant sa prochaine victime.

C'était d'ailleurs inutile, dans la mesure où elle les connaissait par cœur, ces notes. Tout était consigné, au sujet de la personne de Chantal de Siniargues, de son mode de vie, de ses habitudes, et même de ses particularités plus secrètes qui pourraient se révéler très utiles, le moment venu.

Or, justement, le moment était venu, d'après le plan soigneusement mis au point par Apolline, d'après sa « feuille de route », comme elle disait elle-même.

Si tout se passait normalement, dans vingt-quatre heures, Chantal de Siniargues aurait cessé de vivre.

Apolline Vinteuil ferma l'agenda avec un claquement sec et le rejeta loin d'elle, tout au bout du grand canapé. Du bout de son pied nu, elle poussa le curseur de la lampe halogène et l'obscurité l'enveloppa.

Elle saisit la bouteille de whisky par le goulot et, cette fois, s'en servit un verre pratiquement plein.

Sa main ne tremblait plus.

Elle en but la moitié d'un trait, quelques larmes acides et brûlantes lui montèrent aux yeux. Sans qu'elle soit capable de discerner si elles étaient provoquées par le seul alcool ou bien par l'insondable tristesse qui ne la quittait jamais un seul instant, même quand elle riait en société.

Probablement le mélange des deux.

Ses grands yeux bleu foncé, aux pupilles extraordinairement dilatées, étaient fixées sur l'écran large et noir du téléviseur, situé à trois mètres en face d'elle.

Elle savait exactement ce qu'elle ne devrait pas faire, mais savait aussi qu'elle allait le faire. Tôt ou tard. Comme presque tous les soirs.

C'était une question de dosage d'alcool, rien d'autre.

Pour en finir plus rapidement, Apolline Vinteuil vida son verre et le remplit à nouveau, avec une sorte de rage, de désespoir chargé de haine.

Il lui semblait que de lourds oiseaux invisibles volaient dans l'atelier, fondant du plafond, lui aussi invisible dans la pénombre, pour venir l'effleurer de son aile. Comme s'ils l'incitaient à repartir avec eux vers des mondes mystérieux où elle était attendue.

Où Damien l'attendait.

Dans l'intervalle, la musique avait changé. Toujours du même compositeur estonien, mais le violon et le piano avaient cédé la place à de grandes nappes sonores, jouées essentiellement par les cordes de l'orchestre, devenant peu à peu presque statiques, éternelles. La pièce s'appelait *Cantus in memory of Benjamin Britten*. Un instant, Apolline se dit qu'elle aurait préféré écouter la poignante *Symphonie des chants de deuil*, du Polonais Gorecki. Mais elle y renonça. Par flemme de se lever du canapé pour aller changer le disque.

Ou, plus exactement, par peur de devoir constater que sa démarche était sans doute déjà titubante, ce qui lui faisait horreur. À cause des visions de Damien que cela ramenait devant ses yeux fermés.

Sans regarder ce qu'elle faisait, Apolline, envoya sa main droite sur le coussin du canapé. Ses doigts se refermèrent sur la télécommande du téléviseur et du lecteur de DVD.

Elle mit les deux appareils en marche, après avoir pris soin de couper le son, afin de continuer à s'emplir de la musique à la fois plaintive et sereine.

Au dehors, la pluie s'était mise à tomber et elle crépitait doucement sur les grandes vitres sombres de l'atelier, telle une présence bienveillante.

L'écran s'illumina, répandant une lueur étrange,

irréelle, sur les masses sombres et immobiles qui peuplaient l'atelier, projetant des éclairs fantasques sur les tableaux muets, comme pour leur restituer leurs couleurs, perdues dans la nuit.

Apolline appuya sur la touche de mise en marche du DVD qui se trouvait déjà dans l'appareil. C'est seulement à ce moment qu'elle rouvrit les yeux.

Juste à temps pour voir apparaître sur l'écran, un peu surexposée, une petite fille aux boucles brunes, de huit ou neuf ans, riant aux éclats, tandis qu'un adolescent d'une quinzaine d'années, d'une blondeur éblouissante, tirait le tracteur de plastique sur lequel la petite fille était juchée, tout au long d'une grande pelouse très rase.

Damien et elle. Filmés par Bertrand Saint-Valdor, le père « biologique » de l'adolescent blond.

Les larmes coulaient librement sur les joues d'Apolline, sans qu'elle en ait conscience. Parce que, en cet instant, elle n'habitait plus son propre corps.

Elle était repartie là-bas, dans la grande propriété de vacances de l'Yonne. Et aussi vingt-cinq ans en arrière.

Elle resta d'une immobilité de statue tout le temps que dura le petit film d'amateur, montrant les jeux de la petite fille et de l'adolescent.

Lorsque le noir se fit de nouveau dans l'atelier,

Apolline Vinteuil tressaillit des pieds à la tête, comme si son esprit venait brusquement de réintégrer son corps, après avoir traversé en une fraction de seconde des espaces incommensurables, des temps valant éternité.

Il ne se passa guère plus de trois ou quatre secondes, avant que l'écran du téléviseur ne se rallume. Pour un film d'un genre radicalement différent.

Les protagonistes étaient les mêmes : Apolline et Damien. Mais ils avaient une douzaine d'années de plus que dans le premier film. Ils n'étaient plus filmés par Bertrand Saint-Valdor, mais par une caméra fixe, en léger surplomb, ils ne jouaient plus au tracteur.

Apolline, souriante, était allongée sur le lit aux draps froissés qui occupait presque tout le champ. Elle était entièrement nue, elle souriait aux anges.

Ou plutôt, à un ange : celui qui, à genoux près d'elle, la surplombait de tout son corps mince et musclé à la fois, arborant une superbe érection.

Sur le canapé, Apolline poussa un petit gémissement plaintif, lorsqu'elle vit l'autre Apolline, celle du film, celle qui était morte à jamais, tendre la main gauche et enrouler amoureusement ses doigts autour de la hampe de chair dure qui la dominait afin de la caresser doucement.

Sans quitter l'écran de ses pupilles dilatées, elle

saisit son verre et avala une nouvelle gorgée d'alcool, avant de le reposer un peu trop brusquement.

Elle savait ce qui allait se passer ensuite, pour avoir visionné ce film des dizaines, des centaines de fois. Mais son cœur battait tout de même à tout rompre.

À l'époque, lorsque Damien lui avait appris que, à son insu, il avait filmé cette scène d'amour entre eux, Apolline s'était fâchée contre lui. Pas très longtemps, parce qu'elle ne parvenait jamais à lui en vouloir durablement de rien, mais elle s'était tout de même fâchée.

Aujourd'hui, elle le remerciait muettement, à chaque fois qu'elle revoyait ce film. Qui lui envoyait à la figure des éclats de bonheur enfui. Cela lui faisait mal, bien sûr, mais c'était en même temps indispensable à sa survie.

Su l'écran, on voyait à présent le jeune homme blond, penché sur le corps mince d'Apolline, ses longs doigts fins s'enroulant dans sa toison sombre et bouclée.

Sur le canapé, Apolline se vit ouvrir complaisamment les jambes afin de s'offrir à la caresse de son frère-amant. Et, par une sorte d'osmose, elle fit de même, après avoir dénoué la ceinture de sa robe de chambre.

Elle laissa ses mains descendre le long de son

ventre, agité d'une légère houle, d'un imperceptible frisson, et enfouit une main entre ses cuisses, exactement comme Damien était en train de le faire sur l'écran.

Sans avoir la moindre conscience de l'excitation qui s'était emparée d'elle, Apolline put constater que son intimité était déjà toute emperlée de rosée amoureuse.

Dans le film, l'autre Apolline avait fermé les yeux et se mordillait la lèvre inférieure, sans cesser de manier amoureusement la verge qui se dressait juste au-dessus de son visage empourpré.

De temps en temps, sa main abandonnait cette superbe colonne de chair pour aller soupeser amoureusement les bourses nichées entre les cuisses racées de l'homme qui la dominait. Puis, elle revenait empoigner l'objet de tous ses émois, pour le manier avec une vigueur accrue.

À présent, Apolline – la vraie… – avait les deux mains enfouies entre ses cuisses écartelées et manipulait son propre sexe avec une sorte de rage, comme si elle voulait se faire mal à elle-même.

Mais les soupirs et les gémissements de plus en plus rapprochés qui s'exhalaient de sa gorge tendue disaient assez qu'il n'en était rien.

En fait, l'alcool aidant, elle ne savait plus trop si elle était l'Apolline se masturbant en solitaire sur son canapé, ou celle qui s'apprêtait à accueillir en elle la virilité de l'homme aimé afin d'en jouir à satiété.

Car c'est bien ce qui se préparait à présent, dans le film. Damien venait de se placer entre les cuisses ouvertes d'Appoline, sa verge toujours orgueilleusement pointée devant son ventre plat, aux muscles délicatement dessinés.

Il saisit l'une des jambes de sa partenaire juste sous la pliure du genou, afin de la lui relever au maximum.

Dans le même temps, Apolline glissa une main entre les deux coussins du canapé, pour y saisir l'objet qu'elle savait y trouver. Elle en ramena un phallus de caoutchouc rose, dont la taille et la conformation étaient sensiblement les mêmes que celles du jeune homme, dans le film.

Elle en promena la tête au milieu de la forêt sombre de son ventre, afin de la lubrifier de sa propre liqueur amoureuse, ce qui lui arracha un gémissement plus fort et plus rauque que les précédents.

Au moment où, dans le film, Damien dirigeait sa verge vers le sexe de la jeune fille qu'elle avait été, Apolline appuya sur la virilité postiche qu'elle avait en main.

Et les deux sexes masculins, celui de caoutchouc

et celui de chair, s'engloutirent exactement en même temps dans l'intimité palpitante de la double Apolline.

Pour avoir regardé ce film de très nombreuses fois, celle du canapé savait exactement au bout de combien de temps l'orgasme allait fondre sur celle du lit. Et elle modela le va-et-vient du godmiché en fonction de cela.

Afin de jouir en même temps qu'elle-même.

Et, surtout, en même temps que Damien.

En général, elle y parvenait sans difficulté, sans même y penser vraiment. Mais, aujourd'hui, sa tension intérieure était telle que le plaisir monta de ses reins avec une rapidité inhabituelle.

Apolline dut se mordre la lèvre au sang, pour que la douleur fasse un instant refluer le plaisir qui embrasait son ventre, sous les coups de boutoir de l'engin de caoutchouc dur, moulé avec beaucoup de réalisme.

Enfin, les deux Apolline poussèrent en même temps le même long cri de délivrance, leurs deux corps se tordant sous le fouet du plaisir qui les lacérait.

Seulement, le visage d'Appoline, sur le lit, exprimait un bonheur ineffable, exprimé par un sourire si radieux qu'il en devenait presque céleste.

Alors que celui de l'autre, sur le canapé, celui de

l'Appoline du présent, du terrible et sombre présent, était baigné de larmes, qui coulaient d'elle avec la même abondance que sa sève amoureuse…

Chapitre VI

– On tient le bon bout, Grand chef, je le sens ! s'exclama soudain Géraldine Hébert, rompant le silence qui régnait dans le bureau des Affaires recommandées.

Plongés dans leurs ordinateurs respectifs, Boris Corentin et Aimé Brichot ne répondirent pas tout de suite. Finalement, même si la remarque ne lui était pas directement adressée, ce fut ce dernier qui prit la parole :

– On tient peut-être le bon bout, comme vous dites, mais comme ce bout ne nous a encore menés à rien, on n'est pas beaucoup plus avancé !

– Faut toujours que vous voyiez le côté négatif des choses, Mémé, soupira la jeune femme, avec tout de même un petit sourire en coin.

Même si, entre Géraldine Hébert et Aimé Brichot, il ne subsistait quasiment plus rien de l'espèce de rivalité larvée qui les avait opposés à l'arrivée de la jeune femme dans le service, ils continuaient à se donner du « vous ».

Un jour que Géraldine avait abordé le sujet franchement, en lui demandant s'ils ne pourraient pas passer au tutoiement, Aimé Brichot lui avait avoué qu'il y avait lui-même pensé et qu'il était tout à fait pour. Sauf que…

Sauf que, l'habitude ayant désormais pris son pli, ils avaient eu beau essayer durant quelques jours, ils n'y étaient parvenus ni l'un ni l'autre !

– Bof ! on s'en fout après tout, avait philosophiquement conclu la jeune femme : qu'on se dise « tu », qu'on se dise « vous », l'important c'est qu'on s'aime !

– C'est beau comme du Julio Iglesias… avait gentiment ironisé Boris Corentin.

– Ce n'est pas être négatif que de dire qu'on n'a pas réellement avancé, s'obstina Aimé Brichot qui, depuis le matin, était d'humeur plutôt chafouine.

Boris Corentin allait dire quelque chose, lorsque la porte du bureau s'ouvrit, pour laisser passer la tête du planton d'étage, qui avait toujours, quelle que soit l'heure de la journée, l'air de sortir à l'instant de son lit.

– Commandant Corentin, on vient d'apporter un pli pour vous, par la navette. Ça vient de l'IML, si j'ai bien compris. Je vous le donne ?

– Non, Lionel, vous en faites des cocottes et vous les gardez précieusement pour quand vous aurez des enfants, répondit Géraldine, qui adorait bousculer un peu celui qu'elle appelait « le Booz endormi »[1].

Le planton eut un moment de flottement sur son visage lunaire, ses sourcils se froncèrent sous le poids d'une intense réflexion, puis un large sourire étira sa bouche lippue :

– Oh ! Mademoiselle Géraldine, vous charriez : j'oserais jamais faire un truc pareil !

Boris Corentin et Aimé Brichot essayaient de garder le sérieux censé aller de pair avec la dignité attachée à leurs grades respectifs. Géraldine Hébert prétendait, à propos du brave Lionel, qu'il était d'une naïveté telle que, si on lui agitait un asticot devant le nez, il gobait non seulement la bestiole, mais aussi la ligne, la canne, le pêcheur et son pliant.

– Bien, on peut savoir ce que c'est que ce pli ? finit par demander gentiment Corentin, dont la patience avait tout de même ses limites.

Lionel s'empressa de pénétrer dans le bureau, pour déposer une épaisse enveloppe marron sur son bureau, avant de disparaître. Non sans claquer la porte au lieu de la fermer, comme il le faisait à

1. Géraldine fait allusion à un célèbre poème de Victor Hugo, intitulé *Booz endormi*.

chaque fois, ce qui avait le don d'agacer prodigieusement Aimé Brichot.

Boris Corentin ouvrit l'enveloppe et découvrit qu'il s'agissait de la revue littéraire qui avait été retrouvée sur le parquet du salon, chez le docteur Lenobres. Elle était accompagnée d'un mot tapé à l'ordinateur et signé d'un certain lieutenant Sourière, de la police scientifique. Mot qui disait ceci :

Aucune empreinte n'a pu être relevée, en dehors de celles de la victime. En revanche, de micro-traces récentes de peinture à l'huile on été decelées, dans le grain de la couverture. De plus, la page 112 a été arrachée récemment, très probablement dans le même temps que le Dr Lenobres était tué.

Lt Ph. Sourière

– Tiens, tiens, c'est intéressant, ça… murmura Corentin pour lui même.

– On peut savoir… commença Aimé Brichot.

– …ou tu nous laisses mourir idiots ? compléta Géraldine Hébert, en se levant de son bureau pour venir contourner celui de Corentin.

Boris leur fit lire le mot du lieutenant Sourière.

– En effet, c'est plutôt bizarre, fit Brichot, en

tortillant machinalement la pointe gauche de sa moustache, signe chez lui de perplexité. Tu sais ce que je me demande, Boris ?

Les deux policiers se connaissaient trop bien, travaillaient ensemble depuis trop de temps pour que l'énigme soit insoluble. Corentin eut un petit sourire :

– Tu te demandes si, par hasard, Sébastien Cournaud, le mort de Lyon, n'aurait pas été, lui aussi, en possession de la revue *Tours littéraires*. J'ai bon ?

– Tout bon, confirma Brichot, ravi d'avoir été aussi bien compris. On pourrait peut-être appeler chez lui : il doit y avoir le téléphone de sa veuve, dans le rapport, non ?

– Il y a, confirma Corentin, après avoir fait fonctionner son impeccable mémoire. Tu t'en occupes ?

– *Yes, my dear!* répondit Brichot, en indécrottable anglomane, avec cet impayable accent berrichon qui ressurgissait dès qu'il s'essayait à l'anglais.

Après avoir vérifié sur son ordinateur, Boris lui écrivit le numéro sur un post-it, et Brichot alla s'installer au bureau le plus éloigné des deux autres, pour pouvoir passer son appel tranquillement.

– Tu crois vraiment que ça veut dire quelque chose, cette histoire de page arrachée, grand chef ?

– J'en sais rien, Petit bonhomme ? Mais, toi, tu laisserais tomber la piste ?

– Bien sûr que non ! s'insurgea Géraldine, en remontant ses petites lunettes rondes sur son nez retroussé.

– Eh bien alors ? fit Corentin. Pourquoi voudrais-tu que je le fasse, moi ?

– Que je le *fisse*… le reprit Géraldine, avec un large sourire, qui fit apparaître la petite fossette de sa joue droite. Et elle correspond à quoi, cette fameuse page 112 ?

– Comment veux-tu que je le sache, puisqu'elle a été arrachée ? répondit très sérieusement Corentin.

– Naan ! s'énerva Géraldine Hébert. Je veux dire : à quel texte est-ce qu'elle appartient ? Ça pourrait nous donner une indication, va savoir…

Corentin fut frappé par la pertinence de la remarque et vota à sa jeune collègue un regard nettement approbateur qui la fit rosir de plaisir.

Il se mit à feuilleter la nouvelle pour trouver l'endroit exact. Puis, pour revenir vers la première page du texte dont faisait partie la page arrachée.

– Elle est à peu près au premier tiers d'une nouvelle d'un certain Damien Saint-Valdor, dit-il ensuite. Nouvelle qui s'intitule…

Il marqua un temps d'arrêt et, à son regard brusquement pétillant, Géraldine comprit qu'il était tombé sur quelque chose d'intéressant.

– Qui s'intitule ? le relança-t-elle, avec une pointe

d'impatience.

– Qui s'intitule *Après boire* ! souffla Boris Corentin, en relevant les yeux vers elle.

– Ah ! merde ! on ne sort pas de la picole, on dirait ! s'exclama Géraldine.

– On dirait... souffla Boris en écho.

Il allait ajouter autre chose, mais, à ce moment-là, Aimé Brichot surgit devant eux, l'air tout excité.

– Alors ? fit Géraldine.

– Alors, la veuve a commencé à me dire qu'elle n'en avait rien à faire (elle a employé un autre mot...) de nos histoires, mais, finalement, comme j'insistais, courtoisement mais fermement, elle a consenti à aller voir dans le bureau de son mari. Comme ce n'était apparemment pas le genre à posséder des tonnes de bouquins, elle a eu vite fait de trouver la revue en question ! Et devinez quoi ?

– Mémé, c'est trop facile, là ! soupira Corentin. Tiens, je laisse le Petit bonhomme répondre à ma place...

– La page 112 a été arrachée ? suggéra Géraldine.

– Presque ! jubila Aimé Brichot. À Lyon, c'est la 118 qui a été enlevée !

Aussitôt, Boris Corentin alla vérifier à quoi correspondait cette dernière.

– Elle fait partie de la même nouvelle ? voulut savoir Géraldine Hébert.

– Gagné, Petit bonhomme ! Il faut se procurer un exemplaire de cette revue, afin d'avoir le texte complet d'*Après boire*, décréta Corentin.

Il allait ajouter autre chose, lorsque son téléphone se mit à sonner. C'était Charlie Badolini qui les convoquait tous les trois dans son bureau.

Moins d'une minute plus tard, ils pénétraient dans l'antre enfumé, à la limite du respirable, du commissaire divisionnaire. Lequel était occupé à vociférer au téléphone, à propos d'un rapport « ni fait ni à faire ».

Les trois inspecteurs prirent place silencieusement, Boris Corentin et Géraldine Hébert dans les deux fauteuils, Aimé Brichot sur une simple chaise, et attendirent patiemment que le « savon » se termine. Ce qui prit encore une bonne minute au vindicatif Charlie Badolini.

– Bien ! fit-il en raccrochant, tout ragaillardi par cette engueulade passée on ne savait à qui. J'aimerais bien que vous me disiez précisément où vous en êtes sur cette affaire du docteur trucidé…

– On a bien avancé, Monsieur le divisionnaire, s'empressa de répondre Boris Corentin, en croisant nonchalamment les jambes dans son fauteuil à dossier arrondi. Mieux que bien, même, je dirais…

– Tant mieux, tant mieux ! fit Badolini, en allumant une nouvelle cigarette brune sans filtre au mégot de la précédente, qu'il écrasa dans son gros cendrier en onyx, déjà débordant de ses frères tombés au champ d'honneur. Eh bien, je vous écoute…

– La mauvaise nouvelle, Monsieur le divisionnaire, c'est que nous sommes désormais à peu près certains de ne pas avoir affaire à un meurtre isolé.

La mine de Charlie Badolini s'assombrit aussitôt : comme tout commissaire qui se respecte, il avait une sainte horreur des tueurs en série. C'étaient là des gens qui, par la répétition de leurs actes, donnaient au public la fâcheuse impression que la police était totalement impuissante face à leurs agissements. Ou même qu'elle ne foutait rien.

– Expliquez-vous, Boris…

– Comme vous le savez, Monsieur le divisionnaire, ce qui m'a fait tiquer depuis le début, c'est ce cadavre arrosé d'alcool. Et non pas d'un vulgaire alcool à brûler, qui aurait pu indiquer que l'assassin voulait mettre le feu au corps, mais d'alcool de consommation.

– Ce qui nous a donné l'idée, enchaîna Aimé Brichot, de rechercher si un cas de ce genre s'était déjà produit, dans un passé plus ou moins récent.

– Et je suppose que c'est le cas ? fit Badolini, en envoyant un nuage de cendre grisâtre sur les revers de son éternel costume croisé bleu pétrole.

– C'est le cas, confirma Boris Corentin. Il y a un

peu plus d'un an, un imprimeur de Lyon, Sébastien Cournaud, a subi exactement le même sort.

– Tué de la même façon que Lenobres ? Émasculé ? demanda Charlie Badolini.

– Non, répondit Corentin. Mais d'une manière assez étrange pour être intéressante...

– Son assassin lui a enfoncé un tire-bouchon dans chaque œil, glissa Géraldine Hébert, qui n'avait pas envié de faire le « poids mort », dans cette réunion.

Bien entendu, en excellent policier qu'il était, Charlie Badolini repéra tout de suite le lien à faire :

– Tiens donc ! Alcool, tire-bouchon : il y aurait là comme un début de mise en scène, on dirait, non ?

– C'est exactement ce que nous nous sommes dit, approuva Boris Corentin. D'autant qu'on ne vous a pas encore tout dit, à propos d'alcool : les victimes ont toutes deux suivi une cure de désintoxication et étaient, depuis, des abstinents complets. Des ex-alcooliques...

– Oui, évidemment, je reconnais que c'est troublant, admit Charlie Badolini, mais d'assez mauvaise grâce : il espérait encore *ne pas* avoir affaire à un de ces maudits tueurs en série qui arrivaient même, parfois, à lui gâcher ses nuits. Cela dit, ils ont été tués à un an d'intervalle et vivant à cinq cents kilomètres l'un de l'autre...

Boris Corentin et Aimé Brichot échangèrent un

rapide coup d'œil tranquille. Ils savaient très bien que le commissaire divisionnaire allait essayer de séparer les deux affaires, ne serait-ce que pour pouvoir continuer à ne s'occuper que de la première et laisser son homologue du SRPJ de Lyon se dépatouiller de l'autre.

Sauf que, là, les deux inspecteurs avaient encore des munitions en réserve…

Ce fut d'ailleurs Géraldine Hébert qui fit donner la première salve à leur place :

– Monsieur le divisionnaire, Philippe Lenobres vivait à Suresne et Sébastien Cournaud à Lyon, c'est vrai. Mais ils ont tous les deux passé leur jeunesse à Évreux.

– À la même période ? demanda aussitôt Badolini, prêt à se raccrocher à tout ce qui passait.

– Il faudra qu'on vérifie ça, en effet, concéda Boris Corentin, en décroisant les jambes.

Profitant de la « fenêtre de tir » que venait de lui ouvrir le commissaire, il enchaîna :

– Du reste, puisqu'on aborde ce sujet, Monsieur le divisionnaire, il me faut vous demander l'autorisation, pour Mémé et moi, d'aller poursuivre l'enquête, dès demain matin, à Évreux même.

Charlie Badolini eut un léger sursaut :

– À Évreux ? Dès demain ? Mais… ça ne vous semble pas un peu prématuré ?

– Pas tant que cela, Monsieur le divisonnaire, répondit doucement Aimé Brichot. D'après ce que nous avons pu apprendre auprès de nos collègues d'Évreux, deux anciens habitants de la ville auraient également péri de mort violente, au cours des neuf derniers mois…

Charlie Badolini haussa les épaules :

– Pour une ville de cette importance, et plombée par un certain nombre de quartiers dits « sensibles », ça n'a rien d'excessif, grommela-t-il. Et vous allez me dire qu'on les a aussi arrosés d'alcool, ces deux-là ?

– D'une certaine manière, oui, sourit Boris Corentin… mais par l'intérieur !

– Je vous demande pardon ?

– Didier Graziani et Samuel Chaouch – les victimes en question – avaient respectivement deux grammes huit et trois grammes deux d'alcool dans le sang, glissa doucement Aimé Brichot, en lissant sa moustache.

Pas Corse pour rien, Charlie Badolini ne s'avoua pas encore tout à fait vaincu :

– Oui, bon, des types qui picolent, il y en a des légions dans toutes les villes, hein !

– Ils ne sont pas tous assassinés avec des raffinements aussi réjouissants, fit Corentin avec un peu d'ironie.

Il commençait à en avoir un peu assez de la mauvaise foi du commissaire divisionnaire…

– Et ils sont morts comment, ces deux-là ? demanda ce dernier dans une sorte de soupir résigné.

– Didier Graziani des suites d'une hémorragie intestinale… commença Corentin.

– On lui a enfoncé dans l'anus le tisonnier de sa cheminée, précisa calmement Géraldine.

– Charmant… bougonna Charlie Badolini. Et l'autre… comment il s'appelle, déjà ?

– Samuel Chaouch, opticien à Toulouse, répondit Aimé Brichot. Lui a été étouffé. Par l'une de ces cagoules en latex que l'on trouve dans les sex-shops et qu'affectionnent les adeptes des jeux sado-masochistes.

– Et on peut s'étouffer avec ça ? s'étonna Charlie Badolini, un sourcil relevé.

– Si on l'enfile le derrière devant, sans problème, répondit Corentin sur un ton neutre.

Le silence retomba dans le grand bureau enfumé, rompu uniquement par le mugissement sourd d'une péniche, sur la Seine toute proche.

– Je dois reconnaître que votre dossier semble assez solide, finit par admettre Charlie Badolini. D'accord pour que vous filiez à Évreux demain, je vais appeler mon homologue local afin de vous arrondir les angles éventuels. Il faut essayer de trouver ce qui relie ces hommes entre eux – si toutefois quelque chose les relie bel et bien.

– Il y a peut-être quelque chose qu'on devrait vérifier tout de suite... risqua Géraldine Hébert, presque timidement.

Elle avait beau faire, elle ne se sentait jamais parfaitement à son aise, quand elle se trouvait dans le bureau du « boss ». Et ça l'agaçait un peu, d'ailleurs...

– Oui ? firent en même temps Boris Corentin et Charlie Badolini, en se tournant vers elle, ce qui suffit à lui faire rosir les pommettes.

– Eh bien... cette histoire de la revue à la page arrachée baladeuse... dit-elle, d'une voix plus basse qu'elle ne l'aurait voulu. Il faudrait savoir si les deux autres morts la possédaient aussi, non ?

– Bon sang, tu as raison, Petit bonhomme ! s'exclama Corentin. Je n'y pensais plus !

– Ça vous ennuierait de ne pas me laisser dans l'ignorance trop longtemps ? demanda Charlie Badolini, en extrayant une nouvelle cigarette de son paquet.

Boris Corentin lui expliqua en deux mots de quoi il s'agissait, avant d'ajouter :

– C'est d'autant plus intéressant que les pages arrachées sont des portraits de personnages de la nouvelle signée Damien Saint-Valdor. Et que les descriptions physiques qu'il en fait correspondent plus ou moins au docteur Lenobres et à Sébastien Cournaud.

– Vous avez pensez à joindre la rédaction de la revue en question, histoire d'en savoir plus sur ce Damien Saint-Valdor ? s'enquit Badolini.

– Oui Monsieur le divisionnaire, je m'en suis occupé, répondit Aimé Brichot. Malheureusement, ç'a été pour apprendre que *Tours littéraires* avait cessé de paraître depuis déjà quatre ans. Et, pour le moment au moins, je n'ai pas réussi à mettre la main sur l'un de ses anciens membres.

– Bon, continuez également les recherches dans cette direction-là, fit Badolini, en refermant d'un geste ample le dossier ouvert devant lui.

Ce qui, chez lui, était une manière détournée mais impérative de signifier à ses subordonnés qu'ils étaient autorisés à débarrasser le plancher dans les meilleurs délais pour se transporter ailleurs…

– Je vais appeler le commissaire Richet, qui doit toujours être à Évreux, si ma mémoire est bonne, ajouta Charlie Badolini, en étendant la main vers son téléphone.

Boris Corentin, Aimé Brichot et Géraldine Hébert quittèrent donc le bureau directorial, plutôt satisfaits de la tournure que ce « point » avait prise.

Corentin l'était tout particulièrement, parce qu'il avait arraché au commissaire divisionnaire l'autorisation d'aller poursuivre l'enquête dans l'Eure, c'est-à-dire hors de leur domaine de compétences territoriales. Ce qui n'allait jamais complètement de soi.

Car il avait le pressentiment, presque la certitude, que l'explication de l'affaire se trouvait à Évreux et nulle part ailleurs.

Ou, sinon son explication, du moins son point de départ, sa mise à feu.

CHAPITRE VII

Apolline Vinteuil retint le petit sourire froid qui lui montait irrésistiblement aux lèvres, en contemplant Chantal de Siniargues occupée à déboucher une bouteille de champagne, avec des gestes rendus maladroits par tout l'alcool qu'elle avait déjà ingurgité.

Ç'avait été presque trop facile.

Tout avait fonctionné exactement comme son plan le prévoyait. Le fait de suivre Chantal, d'étudier son emploi du temps habituel avait porté ses fruits, Apolline se disait qu'elle n'avait pas travaillé pour rien.

Elle avait assez longuement hésité sur le lieu où elle devait « tamponné » sa prochaine victime. Elle pouvait organiser la rencontre au *Cosy fan tutte*, un bar assez confortable et accueillant du XVe arrondissement où Chantal de Siniargues avait l'habitude de faire une halte d'environ une demi-heure tous les soirs, et qui se trouvait à peu près à mi-chemin entre la grande librairie-papeterie où elle travaillait à mi-temps et son domicile de l'arrondissement voisin, le XIVe.

Apolline pouvait aussi décider de se rendre, plus tard dans la soirée au *Sapho's room*, un bar « de femmes » du Marais, lieu de rendez-vous des lesbiennes « tendance dure », où Chantal de Siniargues ne manquait jamais de passer, les vendredi et samedi soirs, en général après minuit.

Ce qui lui avait finalement fait choisir le *Cosy fan tutte*[1], c'était que, n'ayant aucune expérience de l'homosexualité féminine, elle se voyait assez mal pénétrer seule dans l'un de leurs antres sans en connaître les codes.

Et puis, second argument, elle s'était dit que Chantal de Siniargues devait être beaucoup plus connue dans le petit monde clos des lesbiennes militantes que dans un bar de quartier, où tout le monde et n'importe qui était susceptible de venir à n'importe quel moment.

À partir de six heures et demie, Apolline s'était postée au bar-tabac qui se trouvait dans la même rue que le *Cosy*, mais un peu en amont. Ce qui fait que, d'après ce qu'elle avait pu observer, Chantal de Siniargues passerait forcément devant pour se

1. Le nom du bar est un jeu de mots entre « cosy » (douillet, intime, en anglais) et *Cosi fan tutte*, titre d'un opéra de Mozart « Elles font toutes comme ça », en italien).

rendre à son « abreuvoir » favori.

Ce qu'elle n'avait pas manqué de faire en effet.

Apolline Vinteuil avait laissé passer encore un quart d'heure avant de se diriger à son tour vers le *Cosy fan tutte*.

Dès l'entrée, tout en feignant de ne regarder que vers le bar, son regard avait balayé rapidement l'ensemble de la salle, assez grande, composée de petits salons ouverts.

Elle avait repéré sa proie, seule (elle avait craint le contraire), dans un coin heureusement proche de l'entrée, mais tout de même à demi dissimulée aux regard des entrants et sortants.

Ensuite, Apolline avait mis son plan en action. Il consistait à annoncer qu'elle avait rendez-vous avec une femme, en faisant bien comprendre qu'elle ne la connaissait pas, de façon à aiguiser la curiosité de Chantal de Siniargues. Puis, à aller s'asseoir pas trop loin d'elle, à faire mine d'attendre, de s'impatienter, à feindre la déception, etc.

Durant la vingtaine de minutes que ce petit jeu avait duré, Apolline Vinteuil avait eu tout le loisir d'observer Chantal de Siniargues à la dérobée.

C'était une femme rousse, probablement teinte, d'environ 38 ou 40 ans, au corps épanoui, pour ne pas dire lourd, mais encore très appétissant.

En revanche, son visage, qui avait dû être très

beau, très sensuel, commençait à porter les stigmates de l'alcool qu'elle buvait très régulièrement, ainsi qu'Apolline avait eu l'occasion de l'apprendre, lors de ce qu'elle avait elle-même appelé la « phase préparatoire ». Le teint commençait à devenir terreux, le regard moins lumineux, un peu larmoyant, les traits s'épaississaient, les poches apparaissaient sous les yeux, les lèvres se faisaient tombantes.

Encore quatre ou cinq années de ce régime, s'était dit Apolline, et Chantal de Siniargues se mettrait à ressembler à Simone Signoret, mais pas époque « Casque d'or »...

Ce qui était sans importance, puisqu'il ne lui restait pas quatre ou cinq années à vivre.

Quatre ou cinq heures, au mieux.

Si tout se passait « bien »...

– Tu ne veux pas boire ?

La voix sérieusement voilée, éraillée de Chantal de Siniargues fit brusquement sortir Apolline Vinteuil de sa rêverie. Elle leva la tête, avec un sourire machinal, et vit que son hôtesse lui tendait une flûte emplie de champagne presque à ras bord. Tandis que, pour elle-même, Chantal s'était servi un gin plus que généreusement dosé.

Apolline prit le verre qu'on lui tendait, avec un

petit signe de tête gracieux. Elle était censée jouer les jeunes femmes un peu effarouchése, tentée par une expérience qui, en même temps, lui faisait un peu peur.

C'est comme ça qu'elle s'était « vendue » à Chantal de Siniargues, au *Cosy fan tutte*, lorsque cette dernière, après trois ou quatre croisements de regards, s'était enfin décidée à lui proposer un verre en sa compagnie.

– Puisque vous avez l'air d'attendre quelqu'un qui ne vient pas, lui avait-elle dit, en la détaillant des pieds à la tête sans se gêner, autant que ce soit en ayant de la compagnie…

Durant l'heure qui avait suivi, improvisant au fur et à mesure, Apolline avait fini par raconter qu'elle avait rendez-vous avec une femme rencontrée sur un site internet « pour femmes ». En mimant une certaine gêne, elle avait expliqué que, bien qu'hétérosexuelle, elle se sentait fascinée, inexplicablement, par les amours lesbiennes, mais qu'elle ne pensait pas être faite pour ça.

Un hameçon auquel s'était empressée de mordre Chantal de Siniargues : rien ne fascine plus un homosexuel, qu'il soit homme ou femme, que la possibilité entrevue de pouvoir, peut-être, « convertir » un ou une hétéro…

C'est comme cela que, après avoir admis que son

rendez-vous ne viendrait sans doute plus, Apolline Vinteuil avait finalement « accepté » de venir prendre une petite coupe chez sa compagne de bar.

– J'aimerais mieux que vous me donniez l'adresse et que vous sortiez la première, avait-elle soufflé, en baissant pudiquement les yeux. Je vous rejoindrai directement chez vous. Je ne sais pas pourquoi, mais, si on partait ensemble, j'ai l'impression idiote que tout le monde, ici, s'imaginerait des choses... des choses pas très convenables... enfin, vous me comprenez, n'est-ce pas ?

À cet hameçon-là aussi, Chantal de Siniargues avait très bien et très volontiers mordu...

– Ne me prends pas pour une espèce de sadique, mais je bois à ton rendez-vous manqué... qui m'a donné le bonheur de faire ta connaissance !

Dès qu'elles s'étaient retrouvées seules, dans l'appartement un peu vieillot de Chantal de Siniargues, celle-ci avait adopté le tutoiement avec Apolline. Cependant que cette dernière en restait au vouvoiement, qu'elle estimait davantage « dans le personnage » qu'elle était censée jouer.

– Au fond, j'avoue que je ne suis pas mécontente de la manière dont les choses ont tourné, murmura-t-elle, en s'étirant langoureusement dans le canapé où elle s'était lovée, une jambe repliée sous ses fesses, sa jupe remontée au moins à mi-cuisses. Je me sens bien avec vous...

Chantal de Siniargues prit la phrase pour un encouragement – à juste titre puisque c'est comme ça qu'Apolline Vinteuil souhaitait qu'elle la prenne. Elle avala son gin d'un trait, ce qui rendit un peu de couleurs à son teint cireux et fit briller ses yeux sombres, posa son verre sur la table basse et prit place dans le canapé, à demi tournée vers Apolline.

Celle-ci était partagée entre deux sentiments, assez violemment contradictoires. D'une part elle appréhendait ce qui allait probablement se passer maintenant. Simplement parce qu'elle n'avait jamais été attirée par les femmes, que cela la dégoûtait même un peu, et qu'elle craignait que son hôtesse s'en aperçoive.

D'autre part, elle avait envie de vivre cette expérience. Elle voulait savoir si le phénomène qui s'était produit avec ses quatre premières victimes, cet orgasme inattendu, foudroyant, d'une intensité folle, allait se reproduire. S'il pouvait avoir lieu à chaque fois, *y compris avec une femme*.

Apolline se raidit instinctivement lorsque le bras de Chantal se glissa autour de ses épaules, et que sa main vint doucement caresser sa nuque.

La maîtresse de maison s'en aperçut, mais elle mit cela sur le compte de la « virginité lesbienne » de la jeune femme, ce qui ne fit qu'augmenter sa propre excitation.

– Détends-toi, ma chérie, murmura-t-elle tout près de son oreille. Tu n'as aucune raison d'avoir peur… tout va très bien se passer, tu vas voir…

Apolline décida de rester à fond dans son personnage de « vierge effarouchée ».

– C'est que… c'est… c'est si nouveau pour moi… ça me fait un peu peur, oui… bafouilla-t-elle avec beaucoup de naturel et de véracité dans le ton, en s'efforçant de faire abstraction de l'haleine fortement chargée en alcool de sa séductrice, détail assez peu « glamour »…

Les lèvres de Chantal se posèrent doucement dans son cou, tandis qu'elle posait sa main sur la cuisse dénudée pour la caresser du bout des doigts.

– Comme tu as la peau douce ! murmura Chantal, d'une voix qui chavirait. J'ai tellement envie de te caresser ! Tu aimes les caresses ?

– Oui, j'adore ça… souffla Apolline, en s'efforçant de résister à l'envie qu'elle avait de serrer les cuisses aussi fort que possible, afin de se rendre impénétrable, au sens propre comme au figuré.

De fait, la main de Chantal ne tarda pas à se faufiler sous sa jupe, cependant que ses lèvres se rapprochaient dangereusement de sa bouche.

Qu'elles finirent naturellement par atteindre.

Apolline fut plutôt surprise de ne pas être particulièrement dégoûtée par ce baiser de femme qu'elle appréhendait. Et, même, de trouver cela plutôt agréable. C'était plus doux, plus enveloppant, plus insidieux aussi, qu'un baiser d'homme. Moins excitant sans doute, mais très doux.

En même temps, la main de Chantal avait atteint le bout de sa course et, du bout des doigts, dans un lent mouvement tournant, elle avait entrepris de masser le pubis et le sexe de sa partenaire, à travers sa petite culotte de fine dentelle.

Tout en s'efforçant de rendre son baiser à sa partenaire, Apolline se rendait compte que celle-ci caressait son intimité avec beaucoup d'habileté, faite de douceur et de fermeté à la fois, s'attardant exactement là où il fallait et le temps qu'il fallait, ni plus ni moins.

Du grand art.

Du coup, et sans vraiment en avoir conscience, Apolline se mit à aller au devant de la langue de Chantal et, d'elles-mêmes, ses mains se posèrent sur ses épaules, avant se nouer autour de son cou.

Au même moment, elle prit conscience de la chaleur moite que les doigts féminins étaient en train de faire naître au profond de son ventre. Encore quelques secondes de son traitement et Chantal ne pourrait plus faire autrement que de s'apercevoir qu'elle était en train d'inonder sa culotte...

C'est en effet ce qui se produisit. Lorsqu'elle constata le phénomène, Chantal marqua un temps d'arrêt, ses doigts s'immobilisèrent. Elle écarta son visage de celui d'Apolline et la dévisagea avec des yeux étincelants de lubricité, un petit sourire flottant sur ses lèvres un peu molles.

Visiblement, elle venait de comprendre que sa conquête d'un soir était à sa merci, qu'elle avait su vaincre ses barrières mentales et physiques, qu'elle pouvait faire d'elle à peu près ce qu'elle voulait.

– J'ai tellement envie de toi, mon amour... murmura Chantal d'une voix passionnée mais un peu pâteuse. Dès que je t'ai vue, au *Cosy*, j'ai eu envie de...

Elle n'acheva pas. À la place de la fin de la phrase, Apolline eut l'impression de recevoir une tornade sur tout le corps. Des mains fébriles s'emparèrent de ses seins, de ses fesses, de son sexe, tout cela en même temps, comme si Chantal avait eu le pouvoir de se démultplier.

Emportée par cet ouragan de désir, Apolline ne résista plus. Et c'est sans être priée, qu'elle glissa ses doigts sous la jupe de Chantal et fit coulisser ses doigts lentement entre ses cuisses un peu molles.

Loin entre ses cuisses.

Elle la trouva trempée, ainsi qu'elle l'était elle-même, et fut surprise de s'enfoncer avec plaisir dans ce puits de miel, d'une douceur et d'une chaleur affolantes.

– Oui, branle-moi, mon amour ! râla Chantal, en ouvrant ses cuisses au maximum. J'ai tellement envie de jouir de toi ! De jouir par toi !

Possédée, la maîtresse des lieux arracha presque la jupe et le tee-shirt d'Apolline, avant de se ruer sur ses petits seins afin d'en sucer avidement les tétons dressés et durs.

Apolline ne put retenir un sourd gémissement de plaisir, sous les assauts de cette bouche et de cette langue féminines, diaboliquement expertes.

Elle se rendit compte qu'elle mourait d'envie, elle aussi, de prendre entre ses lèvres les mamelons proéminents de la lourde poitrine dont elle apercevait les renflements laiteux par l'échancrure du corsage de Chantal. Elle y plongea ses deux mains et se mit à les pétrir avec fièvre.

Les nerfs mis à vif, les sens survoltés par l'image qui, à présent, dansait sans relâche devant ses yeux mi-clos avec une netteté affolante.

Celle du corps sans vie et baignant dans son sang de Chantal de Siniargues…

CHAPITRE VIII

– Entre, ma biche, c'est ouvert ! cria Géraldine, sans bouger du canapé où elle était à demi allongée.

Elle entendit la porte d'entrée de son appartement s'ouvrir. Une seconde après, apparut la silhouette pulpeuse et le sourire lumineux de sa meilleure amie, Justine Sandillon, récemment revenue s'installer à Paris, après un séjour de plusieurs années à Bordeaux. [1]

Toute personne rencontrant les deux filles ensemble ne pouvait qu'être frappée par une chose stupéfiante : alors qu'elles n'avaient rigoureusement aucun lien de parenté, Géraldine Hébert et Justine Sandillon auraient pu sans problème se faire passer non seulement pour deux sœurs, mais même pour des jumelles.

Même silhouette pulpeuse – avec peut-être deux ou trois kilos de plus pour Justine, ce qu'elle refusait d'admettre avec une parfaite mauvaise foi –, même visage ovale, encadré de cheveux roux bouclés, mêmes yeux verts – un peu plus foncés chez Géraldine –, même sourire éclatant.

En fait, en dehors de leurs métiers respectifs – l'une journaliste, l'autre policier –, la principale différence entre les deux filles résidait dans leurs penchants sexuels : Justine Sandillon ne jurait que par les hommes…

– Tu nous servirais pas un petit godet ? suggéra la jeune journaliste, après avoir déposé deux bises sonores sur les joues de Géraldine.

– C'est pas un peu tôt ? fit mine de s'inquiéter celle-ci, en consultant sa montre de poignet.

– Bof ! midi moins le quart, c'est raisonnable, non ? la contra Justine, qui avait eu le même geste au même moment. On n'est pas obligé de se mettre minable non plus…

Ayant décidé qu'elle avait assez résisté comme cela, Géraldine Hébert quitta le canapé pour aller pêcher dans le buffet deux verres et la bouteille de whisky à peine entamée.

– Tu voudras des glaçons ? s'enquit-elle, en déposant son chargement sur la table basse.

– Non, te fais pas chier avec ça, répondit Justine avec un geste vague de la main : on va la jouer sobre…

– Si on peut dire !

– Bon, ben… à notre journée de filles ! fit Justine, en levant son verre.

La veille, avant de quitter le quai des Orfèvres, Boris Corentin avait dit à Géraldine Hébert :

– Puisque Mémé et moi on sera à Évreux toute la journée de demain, tu n'as qu'à en profiter pour prendre un jour de RTT. Seulement, tu laisses ton portable sur messagerie : je veux pouvoir compter sur toi en cas de besoin…

– *Yes, Big chief* ! avait répondu Géraldine, toute fière de se découvrir indispensable à Corentin.

Du coup, dans la soirée, elle avait téléphoné à Justine Sandillon, afin de savoir si celle-ci avait quelque chose de prévu pour sa journée du lendemain.

– Le boulot… la routine… avait d'abord répondu la jeune journaliste.

Puis, après une seconde ou deux de réflexion :

– Cela étant, moi aussi j'ai des tonnes de RTT à prendre, et je n'ai rien de particulièrement important sur le feu… On pourrait peut-être se schtroumpfer une journée de filles, non ? Tiens, je sais : je vais t'emmener voir l'expo dont j'ai assisté au vernissage il y a trois jours.

– *L'expo dont j'ai assisté au vernissage* ? T'es sûre que c'est français, ça ? avait ironisé Géraldine.

1. Voir le Brigade mondaine N° 281 : *Le Prédateur des blogs.*

– Je t'emmerde, ma grande, avait calmement répondu Justine, en se marrant. Bon, tu en dis quoi, de mon idée ?

– Banco ! tu passes me prendre à la maison ?

– Te prendre certainement pas, avait ironisé Justine, j'aurais peur que ça nuise à notre belle amitié. Mais te chercher, si tu veux, oui.

– T'es vraiment lourdingue, par moments, tu sais ? avait soupiré Géraldine, avant de raccrocher.

– Qu'est-ce que tu préfères ? demanda Justine, tandis qu'elles sirotaient toutes les deux leur whisky en silence, bercées par la sonate pour piano K 310 de Mozart. On déjeune d'abord et on « expote » ensuite ou l'inverse ?

– Il serait plus sage de faire l'inverse, jugea Géraldine. Je nous connais : on va se goinfrer comme des vaches, picoler un peu trop et, après, on aura autant envie d'aller voir ton expo que de se faire…

– C'est bon, j'ai compris l'idée générale ! l'interrompit Justine. De toute façon, tu as raison, évidemment. D'autant que ça ne ferme pas pendant midi. On y va ?

Une vingtaine de minutes plus tard, les deux filles se trouvaient dans le quartier de Beaubourg, au pied d'une maison ancienne légèrement de guingois, à l'entrée d'une galerie à la façade étroite, mais dont on voyait, par la vitre, qu'elle s'élargissait considérablement à l'intérieur.

Une affiche était fixée sur la porte de verre, annonçant l'exposition proposée actuellement :

« VITRIFICATION »
DIONYSIA SAINT-VALDOR

Et, tout en bas de l'affiche, en caractères à peine plus petits, la mention : « Galerie Tipischeff ».

Le nom de l'artiste éveilla un écho bizarre, nébuleux, dans l'esprit de Géraldine Hébert. Elle aurait voulu pouvoir s'y arrêter, y réfléchir tranquillement, mais, déjà, Justine l'entraînait à l'intérieur.

La galerie était presque déserte, seules trois ou quatre personnes déambulaient entre les trois salles en enfilade, regardant les toiles de toutes dimensions accrochées aux murs blanc crème.

Justine se dirigea droit sur la petite table installée à droite de la porte, derrière laquelle une jeune femme blonde à peu près de leur âge était occupée à écrire.

Elle leva la tête et son visage s'illumina d'un sourire que Géraldine trouva « prometteur », même si, probablement, il ne promettait rien du tout.

– Ah ! Mademoiselle Sandillon ! s'exclama doucement la blonde, nous sommes contents de vous revoir, ça prouve que vous avez aimé les œuvres de Dionysia ! C'est vrai que, les soirs de vernissage, on ne peut pas vraiment regarder, n'est-ce pas ? Mais que je suis bête, vous ne devez pas vous souvenir de moi, avec le monde qu'il y avait ! Je suis Marie-Caroline Grosjean, l'assistante de France-Hélène Tipischeff…

– Voyons, Marie-Caroline : bien sûr que je me souviens de vous ! mentit effrontément Justine avec un grand sourire innocent. Permettez-moi de vous présenter mon amie Géraldine Hébert. Et si vous avez du shit dans vos tiroirs, planquez-le : elle est lieutenant de police !

– Justine, arrête ton cirque ! protesta celle-ci, tout en prenant dans la sienne la main que lui tendait Marie-Caroline.

Main douce et chaude, dont elle eut l'impression que la jeune galeriste la lui laissait un peu plus de temps qu'il n'aurait été strictement nécessaire.

Mais il était possible aussi qu'elle soit simplement le jouet de son imagination « féminophile », toujours hautement inflammable…

– Je vous laisse vous promener et regarder, dit Marie-Caroline Grosjean, en se rasseyant derrière sa petite table. Vous avez de la chance : l'artiste est là, dans la salle du fond. Dionysia est passée parce qu'elle voulait rectifier quelque chose dans l'accrochage de deux de ses œuvres…

Géraldine et Justine laissèrent la grande blonde à ses écritures et se mirent à examiner les œuvres exposées, chacune de son côté, comme elles avaient toujours eu l'habitude de le faire lorsqu'elles visitaient des expos ensemble.

Dans la première salle, Géraldine Hébert ne vit rien qui la passionnait. Dionysia Saint-Valdor (dont le nom continuait à la titiller étrangement) était loin d'être un mauvais peintre, mais ses toiles, aux couleurs comme fondues les unes dans les autres, aux formes un peu trop « molles » pour son goût, ne touchaient pas particulièrement Géraldine, qui aimait bien une certaine violence, en peinture.

Tout changea lorsqu'elle passa dans la seconde salle, qui contenait beaucoup moins d'œuvres, mais de plus grandes dimensions. Le mur de gauche, par exemple, ne présentait que quatre toiles, beaucoup plus hautes que longues, et intitulées *Golgotha I*, *Golgotha II*, *Golgotha III* et, enfin, au bout de la pièce, *Golgotha IV*.

Leur facture tranchait vivement avec les toiles que venait de voir Géraldine dans la salle précédente. Ici, les formes étaient vives, hérissées d'arêtes et d'angles bizarres, malsains, aurait-on pu dire.

Quant aux couleurs, elles étaient violentes, presque sales, et hurlaient ensemble, produisaient des dissonances stridentes, qui mettaient le spectateur mal à l'aise – Géraldine, en tout cas. Celle-ci se sentait violemment repoussée par ces toiles et, dans le même temps, elle ne pouvait s'empêcher d'y laisser revenir ses regards.

Les quatre *Golgotha* représentait chacune un homme, soumis à la torture, à la souffrance et, on pouvait le supposer, à une mort aussi certaine que violente.

Golgotha I représentait un homme lié à une sorte de chevalet. Sa bouche était ouverte sur un rictus affreux et ses yeux étaient crevés par deux sortes de petites tiges métalliques vrillées.

Golgotha II montrait une simple silhouette au corps tordu sur lui-même. De son postérieur jaillissait une sorte de fer de lance, tenu par une main située « hors cadre » et dont l'artiste n'avait représenté que le bout des doigts, crispés sur son instrument de torture.

Le « héros » de *Golgotha III* était un homme sans tête. Plus exactement dont la tête était dissimulée par une sorte de cagoule noire, à travers laquelle on devinait sa bouche ouverte qui, manifestement, faisait des efforts désespérés pour aspirer l'air qui lui était refusé.

Enfin, la victime de *Golgotha IV* était elle aussi ligotée sur une sorte de table à dissection assez haute, face au spectateur qui se trouvait comme en surplomb par rapport à la scène. De son sexe tranché à la base s'échappait un double geyser de sang, qui allait retomber en pluie rouge sombre en dehors du tableau, de chaque côté.

Arrivée à cette quatrième œuvre, Géraldine Hébert tressaillit violemment et tout son corps se tétanisa sur place. Elle venait de comprendre pourquoi ces œuvres, en dehors de leur force expressive propre, de leur violence picturale, la mettaient aussi mal à l'aise.

Elle les reparcourut rapidement dans l'autre sens, afin de vérifier ce qui venait de lui sauter à l'esprit. Oui, pas de doute, c'était bien ça.

Géraldine venait de prendre conscience que ces quatre *Golgotha* représentait en fait une sorte de « chemin de croix » bien réel. Celui qu'avaient dû parcourir les quatre victimes du tueur en série que Corentin, Brichot et elle cherchaient à mettre hors d'état de nuire !

Sébastien Cournaud, l'imprimeur lyonnais, avait eu les yeux crevés par deux tire-bouchons ;

Didier Graziani, le Gardois, était mort d'une hémorragie après qu'on lui eut enfoncé un tisonnier dans le rectum ;

Samuel Chaouch, l'opticien toulousain, avait été étouffé par une cagoule de latex enfilée à l'envers sur sa tête ;

enfin, le docteur Philippe Lenobres avait été émasculé « par une lame très effilée » précisait même le rapport d'autopsie du docteur Flutiaux.

Et voilà que ces quatre assassinats se trouvaient représentés exactement par une artiste exposant dans l'une des galeries les plus en vue du quartier Beaubourg !

Géraldine Hébert chercha Justine Sandillon des yeux mais ne la vit pas. Elle s'aperçut d'ailleurs qu'elle était à présent seule dans la salle aux *Golgotha.*

Passant dans la troisième et dernière salle, Géraldine repéra tout de suite son amie, en pleine conversation avec une jeune femme très brune, assez grande, mince, au visage mangé par d'immenses yeux d'un extraordinaire bleu violet.

– Tiens ! justement la voilà ! s'exclama Justine, en faisant signe à Géraldine de les rejoindre.

– Dionysia, je vous présente mon amie Géraldine, qui a fait les Beaux-Arts !

– Oui, bon, n'exagérons rien ! fit Géraldine : disons que j'ai *commencé* les Beaux-Arts…

En même temps, elle plongea ses yeux dans ceux de Justine, brièvement, mais en s'efforçant d'y mettre un maximum d'intensité. Elle ne voulait surtout pas que son amie révèle son état de policier.

La jeune journaliste dut le comprendre car, alors qu'elle avait déjà les lèvres entrouvertes pour ajouter quelque chose, elle les referma et se tut.

– Ça prouve au moins que vous vous intéressez à l'art, dit doucement Dionysia Saint-Valdor, en enveloppant Géraldine de son fascinant regard. Vous avez vu des choses qui vous plaisaient, parmi mes modestes travaux ?

Géraldine Hébert sauta sur l'occasion :

– Oh oui ! s'empressa-t-elle. J'ai été particulièrement sensible à votre série des *Golgotha*, je dois dire. C'est à la fois très puissant et assez malsain. Ou alors, malsain parce que puissant…

– Je préfère cela… glissa Dionysia Saint-Valdor, avec un petit sourire de coquetterie.

– Toujours est-il que je me suis demandé, à un moment, comment une femme aussi jeune et aussi belle que vous pouvait puiser en elle une imagination aussi morbide et violente. J'avoue que j'en reste très frappée…

Le sourire de l'artiste s'élargit, et elle répondit d'une voix tout à fait anodine :

– Je crains d'être obligée de vous décevoir, Mademoiselle : l'inspiration n'a pas grand-chose à voir là-dedans.

– Comment cela ?

– C'est tout simple : il se trouve que je suis une grande « dévoreuse » de faits-divers, dans les journaux. Et plus ils sont sanglants et « hors-normes », plus ils m'intéressent, en tant qu'être humain, mais surtout en tant qu'artiste. Les quatre *Golgotha* que vous semblez admirer tellement – et j'en suis flattée – m'ont été inspirés par des meurtres réels que j'ai découverts dans divers quotidiens régionaux, que j'achète régulièrement pour ça. J'en ai d'ailleurs une nouvelle série en préparation. Qui, elle, sera centrée sur les assassinats de femmes, afin de faire le pendant de celle-ci…

Géraldine Hébert sentit son excitation retomber d'un coup. Évidemment, l'explication était logique, il n'y avait pas de quoi s'exciter là-dessus. Bien sûr, il était étonnant que Dionysia Saint-Valdor ait justement choisi de regrouper ces quatre meurtres-là, mais ça prouvait simplement que sa sensibilité d'artiste avait repéré leur parenté intime, le lien secret qui devait les relier l'un à l'autre.

Ce qui, aux yeux de Géraldine Hébert, pouvait même fournir une preuve supplémentaire que ces quatre assassinats avaient bel et bien été perpétrés par la même personne.

CHAPITRE IX

Assis derrière le volant de sa Volkswgen « Golf » pourrie, Xavier Lepoitevin sortit la boîte de Lexomil de sa poche droite, ôta le bouchon du tube, fit glisser un comprimé blanc dans le creux de sa main gauche.

Il faillit d'abord le casser en deux pour n'en prendre que la moitié, mais finalement l'avala en entier.

Avec ce qu'il endurait depuis deux jours, ce ne serait pas de trop pour tenter de se calmer.

Une fois le comprimé avalé, il se laissa aller contre le dossier du siège et ferma les yeux, en attendant que l'anxiolytique se mette à faire effet.

Jamais le jeune journaliste ne s'était senti aussi mal, depuis huit ans. Lui qui, d'ordinaire, adorait Paris, il avait l'impression depuis ces dernières quarante-huit heures que la ville n'était plus qu'un immense piège se refermant sur lui afin de le broyer entre ses monstrueuses mâchoires.

Depuis deux jours, à chaque fois qu'un passant, dans la rue, croisait son regard, ou qu'un client, dans un bar, le dévisageait avec un peu d'insistance, il se mettait à trembler et avait la sensation paniquante que son cœur allait s'arrêter de battre dans sa poitrine.

Car Xavier Lepoitevin ne savait pas *qui* avait décidé de le tuer, mais il était certain de la chose.

Et, en plus, il savait très bien *pourquoi*.

Le jeune journaliste avait l'impression d'être une sorte d'étang, du fond duquel remontait brusquement une vase noirâtre depuis longtemps oubliée. Une vase informe mais meurtrière. Ou, plutôt des gaz méphitiques qui allaient immanquablement l'asphyxier.

Et le plus atroce était qu'il ne savait pas d'où viendrait le coup mortel, ni à à quel moment, ni qui le porterait. Chaque être humain devenait son assassin potentiel, chaque minute une éternité de calvaire.

Xavier Lepoitevin rouvrit les yeux et crispa ses mains sur le volant gainé de cuir.

L'anxiolytique commençait à faire son effet et il se sentait un peu mieux. Ou, plus exactement : un peu moins mal. Ce qui était toujours bon à prendre.

Mais il ne pouvait pas continuer à vivre comme cela, il s'en rendait parfaitement compte. D'autant que le Lexomil était peut-être efficace contre les angoisses sans objet particulier, mais il était forcément impuissant face aux dangers réels.

Or, s'il y avait une chose dont Xavier Lepoitevin était certain, c'est qu'un danger le menaçait.

Il mit le contact de la voiture et se mit à rouler lentement le long du boulevard Gouvion-Saint-Cyr. Avec l'idée de rentrer dans Paris par la porte d'Asnières, puis de rejoindre le quartier du parc Monceau.

Pour aller voir Sabrina.

Deux mois plus tôt, il s'était juré qu'il ne remettrait plus les pieds chez elle. Parce que c'était devenu une drogue qui lui coûtait vraiment trop cher, par rapport à son salaire de secrétaire de rédaction, ainsi que son banquier le lui avait fait remarquer, non sans menacer de l'interdire de chéquier et de carte de crédit, deux mois plus tôt, justement.

Mais, là, il avait vraiment besoin d'aller la voir. De tout oublier entre ses bras, ne serait-ce que durant une demi-heure. Sinon, Lepoitevin sentait que son cerveau allait exploser sous la pression…

Absorbé par ses noires songeries, le jeune journaliste ne revint vraiment à lui que lorsqu'il se trouva face aux grilles du parc Monceau. Il aurait été tout à fait incapable de dire quelles rues il venait d'emprunter.

Il s'engagea dans une petite artère résidentielle et assez courte, qui partait en oblique face à l'une des entrées latérales du parc. Il eut la chance de trouver une place de stationnement à moins de cinquante mètres de l'immeuble hausmannien où vivait et « travaillait » Sabrina. Ce qu'il interpréta comme un excellent présage, sans trop y croire pourtant.

Au moment où il coupait le moteur, Xavier Lepoitevin réalisa qu'il s'apprêtait à débarquer sans prévenir chez Sabrina, ce dont elle avait horreur. Il allait se faire méchamment « jeter », c'était garanti sur facture.

Surtout si elle était déjà avec un « ami », ainsi qu'elle avait coutume de nommer ses clients.

Xavier fut tenté de l'appeler depuis son portable, afin de prendre un rendez-vous « en urgence ». Mais de ça aussi, Sabrina avait horreur. Tellement horreur que, pour lui apprendre à vivre, elle se ferait sûrement un malin plaisir de l'envoyer bouler, même si elle était seule à ce moment-là.

Xavier sortit de la voiture. Non, le mieux, maintenant qu'il était là, c'était de monter et de sonner à sa porte : face à elle, il aurait tout de même plus de chance de l'attendrir que par l'intermédiaire du téléphone.

Du moins, il l'espérait.

Après avoir consciencieusement pris son ticket de stationnement à l'horodateur, le jeune homme au visage fin, aux traits presque féminins et à la démarche harmonieuse, s'engouffra dans le hall de l'immeuble cossu dont, dès sa première visite, il avait eu la prudence de mémoriser le code d'accès.

Grâce à l'épais tapis chamarré qui recouvrait les marches de bois verni, il grimpa silencieusement les trois étages qui le séparaient de l'appartement de Sabrina.

Le cœur battant, et après une ultime hésitation, il enfonça le bouton de cuivre de la sonnette.

Aucun son ne lui parvenait depuis l'intérieur, ce qui lui parut d'excellent augure : Sabrina mettait toujours de la musique, classique ou jazz cool, en sourdine, lorsqu'elle « recevait » – encore un de ces euphémismes qu'elle aimait utiliser, lorsqu'elle parlait de son « métier »...

Le cœur battant à tout rompre, Xavier Lepoitevin ne tarda pas à percevoir le clic-clac sec des talons de Sabrina sur le parquet ancien. Lorsque la porte s'entrouvrit, il se composa une mine triste et égarée – pour laquelle il n'eut guère à se forcer – et arbora un sourire à attendrir une pierre.

– Sabrina, pardon... murmura-t-il, en baissant les yeux comme un gamin pris la main dans le portemonnaie familial. Il faut absolument que je te voie. Je t'en supplie, ne me jette pas ! Sinon, je… je…

Attendri par son propre numéro, Xavier sentit des larmes lui monter aux yeux. Il ne fit rien pour les refouler, se disant que c'était plutôt bon pour lui.

Effectivement, la porte s'ouvrit en grand. Sur une créature vraiment extraordinaire.

D'abord, elle dépassait Xavier de presque une tête, lui qui n'était pourtant pas un nain. Vêtue d'une minijupe de cuir noir et d'une sorte de débardeur de mêmes matière et couleur, chaussée de cuissardes souples et brillantes, noires également, elle semblait une sorte de Barbarella vivante. Impression encore accentuée par son visage aux traits lourdement sensuels, agrémenté de deux immenses yeux sombres et d'une bouche épaisse, maquillée d'un rouge violent.

Comme elle se tenait très cambrée, la posture faisait ressortir l'extraordinaire volume de sa croupe d'airain, et surtout ses formidables seins qui ressemblaient à deux obus de belle taille, pointés agressivement sur son interlocuteur.

– Qu'est-ce qui t'arrive ? Qu'est-ce que tu as à pleurnicher comme une gonzesse ? demanda Sabrina, de sa belle voix grave, légèrement voilée, en laissant tomber un regard dédaigneux sur Xavier Lepoitevin.

– Je ne… je ne vais pas bien… murmura celui-ci, en prenant l'air de plus en plus malheureux. J'ai vraiment besoin de passer un moment avec toi… Sabrina, je t'en prie !

Le fantasme ambulant poussa un soupir excédé et s'écarta de la porte.

– D'abord, entre ! siffla-t-elle. J'ai horreur qu'on se donne en spectacle sur mon paillasson : c'est un immeuble honorable, ici, figure-toi !

Elle referma la porte derrière Xavier et se planta face à lui, les poings sur ses hanches arrondies :

– Tu sais que j'ai horreur qu'on débarque sans avoir pris rendez-vous ! Tu le sais, oui ou non ?

– Bien sûr, Sabrina, mais je…

– OK, ça suffit ! Tu as de la chance, j'ai envie d'être gentille aujourd'hui ! Donc, je t'accorde vingt minutes, pas une de plus. Et ça sera cent cinquante…

En voyant le jeune journaliste se rembrunir, elle fronça ses sourcils noirs :

– Ne me dis pas que tu es fauché, en plus ! Tu ne t'imagines pas que tu vas me baiser à l'œil, tout de même ?

Sabrina avait déjà la main sur la poignée de la porte, prête à le ficher dehors.

– Non, non ! s'empressa Xavier, j'ai de l'argent ! Enfin, je veux dire : j'en ai sur mon compte, seulement, j'ai oublier de passer au distributeur…

En une seule phrase, courte en plus, Lepoitevin venait d'aligner un mensonge et une vérité. Il était tout à fait exact que, tourneboulé par les idées qui roulaient dans sa tête sans relâche, il avait complètement oublié de se munir d'argent liquide.

Mais dire que son compte bancaire était approvisionné relevait sinon de la fantaisie pure, du moins d'une assez audacieuse anticipation : on était encore à dix-huit longs jours du prochain salaire…

– Ce qu'il y a, enchaîna Xavier, c'est que je vais devoir te faire un chèque et…

– Un chèque ? gronda Sabrina avec un petit sourire méprisant et ironique. Et pourquoi pas un ticket-restaurant, pendant que tu y es ? J'ai vraiment l'air si conne que ça, dis-moi ?

– Sabrina, je t'en prie, sois gentille ! se remit à geindre le journaliste. Tu as déjà accepté un de mes chèques, une fois, et il n'y avait eu aucun problème ! Alors pourquoi est-ce qu'il y en aurait un aujourd'hui ?

Sabrina fut frappée par la remarque. C'est vrai que, à l'époque où Xavier venait la voir environ une fois par semaine, il s'était pointé une fois sans numéraire sur lui et qu'elle n'avait fait aucune difficulté pour lui prendre un chèque.

– Bon, d'accord, finit-elle par soupirer. Fais-le-moi, ce chèque et qu'on n'en parle plus ! Mais on est bien d'accord, mon chéri : vingt minutes, pas une de plus, hein ?

– D'accord, d'accord, s'empressa Xavier qui, à présent, grillait littéralement d'envie se retrouver entre les bras de Sabrina et de dévorer son corps splendide.

Il rédigea fébrilement son chèque, tandis que Sabrina, sans l'attendre, se dirigeait vers la chambre, en balançant des hanches et en faisant claquer les talons fins de ses hautes bottes noires et luisantes.

Tout à son désir, Lepoitevin ne se demanda pas une seconde comment son banquier allait réagir en recevant un ordre à payer de cent cinquante euros, alors qu'il était déjà à découvert de plus de mille...

Il posa le chèque sur le guéridon se trouvant à droite de la porte et enfila le couloir presque en courant : s'il ne disposait que de vingt minutes, il n'était pas question de perdre de précieuses secondes en flânant...

Lorsqu'il surgit dans la chambre, Sabrina était déjà allongée sur le lit, à plat ventre, une jambe repliée vers le haut.Elle s'était dépouillée de sa jupe et de son haut, ne gardant que ses bottes et son string de dentelle rouge. Et sa longue chevelure noire, éployée en corolle autour de sa tête.

Comme il se tenait de profil par rapport à l'immense lit aux draps de satin rose, Xavier pouvait apercevoir la masse élastique et imposante de sa poitrine, qui semblait lui servir de double coussin naturel.

Avec des gestes rendus maladroits par l'impatience, il se déshabilla, ne gardant que ses chaussettes, histoire de perdre moins de temps. Sa verge, de taille modeste, et surtout très fine, était en complète érection.

Il s'allongea sur le corps sculptural de Sabrina avec un gémissement rauque. Puis, se redressant sur les coudes, il entreprit de parcourir son cou et ses épaules nues de petits baisers, coups de langue, morsures légères.

– Oui, vas-y, mon chéri ! se mit à ronronner Sabrina, les yeux fermés et un vague sourire sur ses lèvres épaisses et sanglantes. J'aime les caresses… j'aime la douceur…

Ce n'était pas des mots en l'air : sous les attouchements qu'il lui prodiguait, Xavier pouvait voir sa peau frémir, se couvrir d'une fine chair de poule, tandis que ses joues se coloraient de rose. C'était ce qui l'affolait chez Sabrina : le fait qu'elle apprécie réellement les caresses qu'on lui prodiguait.

Enfin, plus exactement, c'était l'une des deux choses qui l'affolaient. Mais l'autre était encore cachée…

Il laissa sa bouche descendre le long de la colonne vertébrale sinueuse de sa partenaire, tandis que sa main partait à la rencontre de ses seins. Sabrina se souleva complaisamment sur les coudes, afin de lui faciliter l'opération. Il se mit à pétrir les fantastiques globes de chair dure, dont les mamelons étaient en perpétuelle érection.

Lorsque sa bouche atteignit le bas des reins de Sabrina, celle-ci abaissa sa jambe et resserra les cuisses.

– Occupe-toi de mon cul ! souffla-t-elle simplement, ce qui suffit pour que Xavier comprenne ce qu'elle attendait de lui – et qui lui convenait parfaitement.

Non sans quelque difficulté, il fit glisser le string jusqu'aux chevilles de sa partenaire, le long de ses cuisses massives et musclées. Puis, écartant ses fesses à deux mains, il plongea son visage empourpré dans le profond sillon qui les séparait et darda sa langue impatiente vers le petit anneau brun et plissé qui s'y trouvait niché.

Sabrina se mit à respirer plus fort, tandis qu'une houle discrète prenait possession de tout son corps.

– Oui, c'est bien comme ça ! murmura-t-elle, les paupières toujours closes. J'adore quand tu me bouffes le cul, mon chéri. Pas un homme ne fait ça aussi bien que toi !

Elle devait probablement dire ça à tous ses clients, mais c'était exactement ce que Xavier avait envie d'entendre. De fait, il avait complètement oublié les problèmes et les angoisses qui le taraudaient une dizaine de minutes plus tôt.

Sabrina eut un petit cri ravi lorsque la langue du journaliste pénétra en elle.

– Salaud ! ronronna-t-elle, tu as mis ta langue dans mon cul ? Quel cochon tu fais ! Continue, c'est bon…

Mais, au mépris de toute logique, elle ne tarda pas à donner un coup de reins afin de déloger Xavier.

– Bon, maintenant, décida-t-elle, tu vas t'occuper de mon gros clito, mon chéri…

D'un coup, Sabrina bascula sur le dos. Et Xavier reçut au creux de la poitrine le même choc que les autres fois, lorsqu'il découvrait le « gros clito » de Sabrina.

À savoir une verge masculine de taille impressionnante, avec ses deux testicules lourds, accrochés dessous.

D'un strict point de vue sexuel, Xavier Lepoitevin n'avait pas eu une adolescence ni même une jeunesse faciles. Rien qu'y repenser, ce qui lui arrivait parfois, suffisait à le déprimer pour un long moment.

En fait, ce n'est guère qu'à partir de 24 ans, lorsqu'il avait brusquement quitté sa ville natale d'Évreux pour venir s'installer à Paris, que tout s'était miraculeusement arrangé – enfin, plus ou moins.

Jusqu'à cette date, Xavier avait eu la désespérante impression que l'amour ne serait jamais pour lui. Parce qu'il ne savait pas du tout qui il était, de ce point de vue-là.

Il s'était toujours senti attiré par les filles mais, lorsqu'il avait enfin eu l'occasion de coucher avec quelques-unes d'entre elles, il s'était aperçu que l'espèce de bouche poilue et gluante qu'elles avaient entre les jambes le dégoûtait et avait tendance à lui couper tout désir.

Lorsque l'occasion s'était présentée, il avait également fait l'amour avec des garçons, et même quelques hommes mûrs. Avec eux, il se sentait en terrain de connaissance et manipuler leur sexe tendu et gonflé de sève l'excitait beaucoup.

Seulement, le corps des hommes, poilu, lourd, sans grâce, le rebutait. Ou, en tout cas, laissait son esprit et ses sens totalement froids, indifférents.

Lorsque, à Paris depuis quelques mois et sortant de chez un ami, il s'était retrouvé à errer tard le soir sur les boulevard extérieurs, aux alentours de la porte de Saint-Ouen, il avait enfin eu la révélation de sa nature profonde.

Grâce à Farah, un travesti marocain avec qui, moyennant finances, il avait passé sa première nuit d'amour vraiment réussie. Ce jour-là, il avait enfin compris ce qu'il aimait, ce dont il avait besoin.

Un corps de femme nanti d'un sexe d'homme. Ou un sexe d'homme accroché à un corps de femme. Et, depuis sept ans, il n'avait plus jamais fait l'amour qu'avec des travestis, la plupart du temps en payant mais pas toujours. Il avait même vécu près de six mois avec un jeune Ferdinand qui, non sans humour ni culture, se faisait appeler Céline[1], et dont il était plus ou moins tombé amoureux.

Mais, un soir, Ferdinand-Céline n'était pas rentré et Xavier ne l'avait jamais revu. Il lui arrivait encore, certains soirs, d'y penser avec regrets…

Sabrina ouvrit les cuisses et tendit son bassin en avant, exhibant complaisamment son membre volumineux en pleine érection. Preuve supplémentaire qu'elle ne trichait pas avec les clients, lorsqu'elle leur disait qu'ils l'excitaient…

– Vas-y, mon chéri, bouffe-moi la chatte, maintenant ! dit-elle avec un large sourire.

L'espace d'un instant, Xavier eut une petite moue contrariée. Il n'aimait pas quand Sabrina appelait

1. Allusion à l'écrivain Céline, dont le prénom était Louis-Ferdinand.

son sexe sa « chatte ». Il trouvait cela un peu grotesque.

Mais son excitation était trop forte pour qu'il s'attarde à ce détail. Il se pencha en avant et engloutit la lourde verge entre ses lèvres, cependant que ses mains remontaient le long du ventre moelleux de Sabrina, à la rencontre de ses seins lourds, trop fermes pour pouvoir passer pour des vrais.

Soudain, tout en continuant de sucer la virilité qui envahissait sa bouche, Xavier s'avisa que l'heure devait tourner et qu'il n'allait sans doute pas tarder à se faire ficher dehors par Sabrina. Or, il avait encore envie de quelque chose, c'est un autre plaisir qu'il voulait tirer d'elle.

Il se redressa et plongea ses yeux dans ceux de sa partenaire, affalée sur le satin des draps.

– Sabrina… commença-t-il.

– Tu as envie de me baiser ? l'interrompit-elle avec un large sourire, en commençant à se tourner pour se remettre sur le ventre. Pas de problème, mon chéri !

– Non, non, se hâta de dire Xavier, tout en se sentant rougir. En fait, aujourd'hui, j'aimerais plutôt… enfin… plutôt autre chose, quoi…

En bonne professionnelle qu'elle était, Sabrina comprit immédiatement ce que souhaitait son client. Elle le comprit d'autant plus clairement que le jeune journaliste était déjà en train de s'agenouiller au bord du lit, les genoux écartés, la tête entre les mains.

Le travesti descendit du lit, sa lourde verge oscillant devant lui comme un puissant métronome. Il vint se mettre derrière son client et l'empoigna par ses hanches fines.

– Fais doucement... murmura Xavier, de cette voix craintive qu'il avait à chaque fois.

– N'aie pas peur, mon gentil poussin, répondit-elle presque tendrement. Maman Sabrina va très bien s'occuper de toi, tu vas voir...

De fait, le travesti s'enfonça très doucement entre les reins du jeune journaliste, qui poussa un long soupir de bien-être en sentant la virilité massive et dure s'introduire en lui de toute sa longueur.

Lorsque Sabrina commença d'aller et venir en lui, d'abord lentement, puis de plus en plus puissamment, Xavier saisit sa propre verge dans sa main droite et entreprit de se masturber, au même rythme que les coups de boutoir qu'il encaissait avec des gémissements de plus en plus sonores.

Ils jouirent rapidement et presque en même temps. Sabrina d'abord, avec une sorte de long soupir de satisfaction et Xavier juste après elle, nettement plus bruyamment.

Il émit un dernier grognement inarticulé lorsque

Sabrina se retira finalement de lui, laissant ses chairs intimes tuméfiées, à vif, délicieusement sensibles.

– Tu m'as tout salopé le drap, nota le travesti, en désignant les longues traînées blanchâtres qui maculaient le satin, mais sans la moindre animosité dans la voix.

– Je te demande pardon… murmura Xavier, qui avait déjà commencé à se rhabiller.

En constatant avec une sorte d'accablement mêlé d'effroi que, à chaque vêtement qu'il enfilait, la réalité extérieure redevenait un peu plus présente à son esprit.

Lorsqu'il fut près à partir, il était de nouveau suant de peur et d'angoisse, exactement comme il l'était avant de monter l'escalier conduisant chez Sabrina.

Tout cela avait été inutile. En dehors du plaisir fugace qu'il y avait pris, il avait dépensé cent cinquante euros pour rien. Cent cinquante euros qu'il n'avait pas, en plus.

– Tu reviens me voir bientôt, mon chéri ? demanda Sabrina d'une voix câline, en l'embrassant spontanément au coin des lèvres. Je t'aime bien, tu sais… Ce qui serait gentil, c'est que tu m'emmènes dîner, un de ces soirs… On jouerait à être de vrais amoureux, toi et moi…

En d'autres circonstances, une telle proposition aurait suffi à combler Xavier de joie. Mais, là, c'est à peine s'il comprit ce que Sabrina venait de dire et il n'y répondit que par un vague grognement, avant de s'enfuir littéralement dans l'escalier parfaitement silencieux.

– Tous les mêmes… murmura Sabrina pour elle-même, en refermant sa porte. Quand il s'agit de se vider les couilles on est de vraies déesses, mais pour ce qui est de sortir avec nous, ils ont bien trop peur pour leur petite réputation.

Elle se promit illico que, pour la peine, la prochaine fois que le journaliste se pointerait, elle le ferait passer à deux cents euros. Pour lui apprendre la galanterie…

Xavier Lepoitevin déboucha sur le trottoir en titubant comme un homme ivre. Il se dit qu'il devait avoir une mine effrayante, tellement l'angoisse lui tordait le ventre.

Il se mit à regarder partout autour de lui, comme un dément entrant en crise.

Si ça se trouvait, son assassin était déjà là, embusqué quelque part, l'observant, se jouant de lui comme le chat de la souris. Il avait peut-être le doigt sur la détente…

Xavier courut jusqu'à sa voiture, en se retenant

de toutes ses forces pour ne pas se mettre à hurler.

Une fois enfermé dans la Golf, il se sentit un tout petit mieux. Il fallait absolument qu'il parle à quelqu'un. Il ne pouvait plus garder ce truc pour lui seul, sinon, il allait finir par étouffer. Ou par devenir dingue.

C'est alors qu'un visage souriant, agréable, s'imposa à son esprit, avec la force de l'évidence.

Celui d'une jeune femme rousse, aux magnifiques yeux verts, avec laquelle il s'entendait très bien, depuis quelques mois qu'elle avait intégré la rédaction du journal où il travaillait en tant que secrétaire de rédaction.

Les cinq ou six fois où ils avaient déjeuneéensemble, le repas s'était merveilleusement passé et Xavier s'était aperçu qu'il parlait volontiers avec elle, lui qui, pourtant, avait toujours eu du mal à se confier.

Il avait même réalisé que la jeune journaliste en question lui faisait, de temps en temps, lorsqu'ils étaient en tête à tête, de discrètes avances qu'il faisait semblant de ne pas remarquer, pour la simple raison qu'il n'avait nulle envie de s'engager plus avant avec elle.

Oui, plus il y pensait et plus Xavier se disait que c'était une bonne idée, de l'appeler. Elle lui avait toujours paru très maligne, débrouillarde, n'ayant peur de rien ni de personne : elle saurait sûrement ce qu'il devait faire, une fois qu'il lui aurait tout raconté, qu'il se serait débarrassé du poids insupportable qui pesait sur sa poitrine.

Xavier Lepoitevin saisit son téléphone portable et se mit à enfoncer frénétiquement les petites touches ovales, après avoir cherché le numéro dans son répertoire.

– Mon Dieu ! faites qu'elle soit chez elle… fut-il très surpris de s'entendre murmurer, lui qui n'avait jamais cru en rien, et surtout pas en Dieu.

On décrocha au bout de la sixième sonnerie, alors que Xavier, au bord des larmes, s'apprêtait à couper la communication ; il serra son portable à le briser et se mit à parler d'une voix haletante, rauque, qu'il eut peine à reconnaître lui-même.

– Allô, Je suis bien chez Justine Sandillon ? Justine, c'est toi ? C'est vraiment toi ?

CHAPITRE X

Apolline Vinteuil donna un petit coup de pinceau, très léger, afin d'apposer une minuscule trace de rouge dans le rose de la joue. Puis, lentement, elle se recula de son chevalet, afin de juger de l'effet produit.

Elle eut une petite moue mi-figue, mi-raisin : le résultat était loin d'être parfait, mais c'était déjà mieux. De toute façon, elle se sentait incapable de continuer. Elle savait que si elle s'obstinait, elle allait commencer à gâcher sa toile, à la surcharger et donc à lui faire perdre de sa force, qui était toute dans le dépouillement, la netteté des lignes de forces, la pureté du mouvement.

Elle essuya machinalement les soies de son pinceau à l'aide d'un chiffon maculé de peintures de différentes couleurs et le remit avec les autres, dans un pot en grès posé sur la petite table à sa droite.

Puis, elle franchit le lourd rideau qui séparait la partie « atelier » de la partie « maison », comme elle disait elle-même avec un peu d'ironie.

Elle se laissa tomber sur le lit de tout son long et se redressa sur les coudes. Elle constata que de petites taches de peintures bleue et rouge – les deux couleurs dont elle s'était servie aujourd'hui –, de formes irrégulières, parsemaient ses petits seins et même son ventre, quasiment jusqu'à la limite de sa toison noire et bouclée.

Car Apolline avait l'habitude de peindre nue. Elle ne savait pas elle-même pourquoi. C'était ainsi : lorsqu'elle passait devant son tableau en cours, si une idée lui venait, elle commençait par se débarrasser de tous ses vêtements – même si elle savait qu'elle n'en aurait pas pour plus de quelques minutes à effectuer la retouche qu'elle avait en tête.

Pour elle, c'était comme un rite de passage, une manière physique de cesser d'être Apolline Vinteuil, pour devenir Dionysia Saint-Valdor.

Affalée nue sur son lit aux draps perpétuellement chiffonnés, la jeune femme eut un petit sourire. Lorsqu'elle avait commencé à oser montrer ses œuvres à des professionnels de l'art – galeristes, marchands de tableaux, etc. – l'un d'eux lui avait dit, d'un ton suffisant :

– Dionysia ? Alors que vous vous appelez Apolline[1] ? Vous ne trouvez pas que c'est un peu *too much*, non ?

Elle n'avait rien répondu, se contentant de sourire. Qu'aurait-elle pu dire à cet homme ? Qu'elle était pleinement d'accord avec lui mais que, justement, ce qu'elle voulait c'était être *too much*, comme il disait ? À quoi bon discuter ? Personne ne la comprendrait jamais, de toute façon.

Dans toute sa vie, il n'y avait eu que Damien pour la comprendre vraiment.

Damien, son frère… son jumeau… son double… Damien, son éternel absent…

Apolline Vinteuil ne gardait pas le moindre souvenir de son père biologique, disparu quelque jours après son quatrième anniversaire, dans un accident d'avion survenu au-dessus de l'Atlantique nord, sens Paris-New York, et qui n'avait laissé aucun survivant.

Elle avait huit ans lorsque sa mère, Hélène, s'était remariée avec Bertrand Saint-Valdor, un riche industriel plus ou moins en affaire avec Patrice Vinteuil, le disparu.

Lors de la première rencontre « au sommet », Bertrand Saint-Valdor était arrivé en compagnie de son fils, Damien, alors âgé de quinze ans.

Et, du haut de ses huit ans, Apolline en était tout

1. Les deux prénoms de l'héroïne renvoient directement aux dieux de la mythologie grecque : Apollon et Dionysos.

de suite tombée amoureuse. Avec le sérieux que l'on n'a qu'à cet âge, elle s'était fait le serment solennel qu'elle n'aimerait jamais un autre garçon que lui.

D'une certaine manière, vingt-cinq ans plus tard, elle pouvait se dire qu'elle était restée fidèle à ce serment de fillette.

De son côté, garçon sensible, intelligent, mais de caractère un peu faible, ayant un besoin presque maladif d'être reconnu, admiré, Damien s'était tout de suite attaché à cette « sœur » que les hasards de la vie venaient de lui donner.

Elle avait beau être nettement plus jeune que lui, il aimait cette adoration sérieuse, intense, qu'il lisait dans ses grands yeux bleus, dès qu'ils se posaient sur lui, la manière dont elle buvait la moindre de ses paroles.

Les années passant, ce lien entre Apolline et Damien n'avait fait que se renforcer, s'approfondir, devenir de plus en plus exclusif.

Lorsqu'il avait commencé à sortir avec des filles, pas avant 18 ou 19 ans, tant était handicapante sa timidité, Damien s'était tout naturellement confié à Apolline qui, elle, s'apprêtait à aborder l'adolescence.

Elle n'avait ressenti aucune espèce de jalousie, face à ces flirts. Avec une sorte de maturité presque effrayante pour son âge, Apolline se disait qu'il ne s'agissait que de petites histoires sans lendemain, que Damien avait bien raison de s'offrir, puisqu'elle-même n'était pas encore prête...

Il lui arrivait même, à douze ou treize ans, de se réjouir de ce que l'homme de sa vie était en train d'acquérir une expérience sexuelle dont elle ne pourrait que profiter plus tard, lorsqu'elle serait « en âge ».

Cet âge était arrivé sans crier gare, quelques jours avant le quinzième anniversaire d'Apolline. Depuis déjà environ un an, les rapports avaient changé entre Damien et elle. Plus exactement, ils avaient commencé à s'inverser, à partir du moment où le jeune homme avait, du jour au lendemain, décidé d'arrêter net les études de Lettres et de Philosophie qu'il menait conjointement, afin de se consacrer entièrement à sa carrière d'écrivain.

Car Damien Saint-Valdor avait décidé qu'il serait un génie ou alors rien.

Apolline ne doutait pas une seule seconde du génie de son frère par alliance. Mais, raisonnable comme une vraie petite femme, elle aurait préféré qu'il poursuive tout de même ses études. Simplement parce que, avec le sûr instinct des femelles amoureuses, elle le sentait trop faible de caractère pour mener sa barque seul. Elle le savait trop dépendant du regard des autres, des compliments des bonimenteurs.

Lorsqu'elle y repensait, et elle avait eu le loisir d'y repenser des centaines de fois, depuis huit ans, Apolline Vinteuil se disait que c'est à ce moment-là de son existence, que la descente aux enfers de Damien avait commencé.

Et, du même coup, la sienne aussi.

Mais, avant l'enfer, avant le cauchemar, il y avait tout de même eu le paradis.

Toujours étendue nue sur son lit, Apolline Vinteuil ferma les yeux. Pour ne plus voir l'atelier qui se trouvait tout autour d'elle. Pour annuler le temps présent, l'horrible temps présent, et retourner librement là-bas, dans ce passé béni. Dans cette chambre où, pour la première fois, Damien l'avait regardée autrement que comme une petite sœur. Avant de la prendre dans ses bras et de faire d'elle une femme…

Apolline se souvenait avec une netteté et une acuité presque douloureuse des moindres détails de cette soirée de pluie diluvienne, durant laquelle Damien et elle s'étaient trouvés seuls dans la maison familiale, leurs parents assistant à une Première à l'opéra-Bastille et ne devant rentrer à

Évreux que le lendemain dans la matinée.

Damien venait de se faire larguer par sa petite amie du moment (« une grosse pouffe blonde », d'après le jugement peu objectif de sa sœur…) et il se sentait malheureux. Plus exactement, il se croyait malheureux.

Car Apolline, du haut de ses presque quinze ans, lui avait patiemment, tendrement, doctement expliqué que ce n'était pas l'absence de cette fille qui le rendait malheureux, mais juste le fait que ce soit elle qui l'ait quitté et non l'inverse.

– C'est seulement ton amour-propre qui souffre, Damien, pas ton cœur… avait-elle murmuré, en caressant doucement ses cheveux couleur d'or.

Ils étaient tous les deux allongés sur son lit à elle, il était déjà très tard, la pluie battait furieusement les carreaux, parvenant presque, par moments, à couvrir les accords graves des suites pour violoncelle seul de Jean-Sébastien Bach, que Damien avait tenu à écouter, en prétendant qu'il ne supporterait aucune autre musique ce soir-là. Malgré l'eau tombant du ciel, il faisait une chaleur moite de fin août, l'air était immobile, bourdonnant, comme lourd de menaces.

Apolline était allongée sur le dos, vêtue d'un simple tee-shirt trop grand qui la couvrait jusqu'au haut des cuisses. Son frère, sur le flanc, appuyé sur un coude, le menton posé dans la paume, ne portait qu'un short, et de fines gouttelettes de sueur s'accrochaient aux rares poils blonds de son torse mince, à la peau dorée.

Damien avait paru frappé par la remarque de sa sœur. Il avait longuement plongé ses yeux dans les siens, puis avait élargi le champ pour la détailler attentivement, comme s'il la voyait réellement pour la première fois.

– Au fond, avait-il murmuré sur un ton rêveur, je me demande pourquoi je m'obstine à fréquenter toutes ces idiotes, alors que la seule fille avec qui je me sente bien, c'est toi…

Apolline avait senti les battements de son cœur s'accélérer brusquement. D'instinct, elle avait su que c'était maintenant que les choses allaient basculer irrémédiablement. Pour devenir enfin conformes à ce qu'elle avait toujours voulu, depuis leur première rencontre, sept ans plus tôt.

Les yeux fermés, elle avait légèrement souri, avant de murmurer à son tour :

– Peut-être simplement parce que je n'étais pas prête, Damien. Pas encore…

Elle ne fut même pas surprise de sentir les lèvres de son frère se poser doucement sur les siennes. Qui s'entrouvrirent tout naturellement pour accepter ce premier baiser, cependant qu'au dehors la pluie redoublait de violence, comme pour leur former une sorte de cocon inviolable.

Ensuite, tout s'était enchaîné logiquement, avec une évidence parfaite. Sans mettre fin à leur baiser, Damien avait commencé à caresser son corps d'adolescente à peine formée, d'abord par-dessus le tee-shirt ample, puis glissant sa main dessous, afin de pétrir tendrement les globes à peine renflés de ses petits seins aux pointes rose pâle.

Lorsque sa main s'était aventurée plus bas, Apolline avait d'elle-même ouvert ses cuisses fines et nerveuses, impatiente de sentir enfin la main de « son » homme prendre possession de son bijou le plus secret, et encore inexploré.

Elle-même, sans fausse pudeur, avec un naturel parfait, avait glissé ses longs doigts à l'intérieur du short de Damien, pour les refermer autour de la barre de chair dure et noueuse qui s'y trouvait. Et ce simple contact avait suffi à faire ruisseler son ventre de désir.

Au moment suprême, alors qu'il était déjà allongé sur elle, Damien avait failli reculer.

– J'ai peur de te faire mal… avait-il soufflé, les yeux plongés dans ceux d'Apolline.

– Tu ne me feras pas mal, avait-elle affirmé d'une voix tranquille. Et même si tu le faisais, ce ne serait pas grave : je veux bien souffrir par toi…

À ce moment, Apolline ne pouvait pas se douter à quel point, en effet, elle allait souffrir par lui…

Mais ce soir-là, comme elle l'avait affirmé, elle ne ressentit aucune douleur. À peine une très légère sensation de brûlure, au moment où la virilité palpitante de Damien pénétrait son ventre encore inexploré. Sensation très vite effacée, submergée par un plaisir tel qu'elle n'aurait même pas été capable d'imaginer qu'il puisse en exister…

Lorsqu'elle y repensait, Apolline se disait que Damien et elle avaient vécu deux années d'un bonheur parfait, pur, absolu. Et que c'était déjà très beau.

Mais, aussitôt après, elle se prenait à penser que deux ans, c'est tragiquement court, lorsque l'on pense avoir toute l'éternité pour soi…

Ces deux années, personne ne pourrait venir les lui voler, jamais. Apolline et Damien ne se quittaient plus, partaient en week-end et en vacances ensemble, profitaient de la moindre absence de leurs parents pour se jeter dans les bras l'un de l'autre et faire l'amour jusqu'au complet épuisement de leurs deux corps.

Aveugles et ravis de l'être, Hélène et Bertrand Saint-Valdor se félicitaient de l'entente parfaite qui régnait entre leurs enfants respectifs. C'est si rare, n'est-ce pas, une complicité pareille, dans les familles dites « recomposées »…

En fait, Apolline en était bien consciente, tout s'était merveilleusement passé tant que Damien avait été occupé à écrire son « grand » roman. Et tout s'était gâté lorsque, l'ayant terminé, il se l'était vu refuser par tous les éditeurs à qui il avait fait parvenir le manuscrit.

De ce jour, son humeur avait commencé à s'assombrir. Apolline avait beau lui répéter qu'il possédait un merveilleux talent, qu'il fallait juste le temps qu'il se fasse reconnaître, qu'il devrait mettre sans tarder un deuxième livre en chantier, elle voyait bien qu'il ne la croyait qu'à moitié. Puis de moins en moins, et enfin plus du tout.

À ce moment-là, Apolline avait perdu Damien pour la première fois.

Le hasard – ou un démon quelconque… – avait voulu qu'il fasse la connaissance avec ce qu'il n'avait pas tardé à appeler la « bande du pub », un bar de style vaguement anglo-irlandais, situé derrière la cathédrale d'Évreux. Il s'agissait d'un petit groupe de jeunes gens, oisifs et aisés pour la plupart, qui passaient leurs nuits en ribouldingues fortement alcoolisées, en professant un dédain qu'ils voulaient « aristocratique » pour la vie de province bourgeoise.

D'entrée, ils avaient accueilli Damien comme un véritable artiste, le génie de demain, incompris par la masse médiocre de ses contemporains, etc. Tout ce que le jeune homme avait envie, avait besoin d'entendre.

Pour leur prouver qu'il était des leurs, qu'il était digne de leurs éloges, Damien Saint-Valdor s'était mis à boire avec eux. Et, bientôt, plus qu'eux. Beaucoup plus.

Durant trois interminables et cruelles années, Apolline avait vu Damien décliner, aussi bien physiquement que moralement. Elle avait lutté pied à pied pour l'arracher à ceux qu'elle avait rapidement considérés comme des monstres malfaisants, des suppôts de ce Diable auquel elle ne croyait pas.

Rien n'y avait fait. Lors de leurs tête-à-tête – de plus en plus rares et brefs –, Damien redevenait gentil et attentionné avec elle. Mais très vite, il s'évadait de l'espèce de prison d'amour qu'Apolline aurait voulu construire autour de lui, pour le protéger de sa propre faiblesse.

Et il retournait s'alcooliser avec la bande du pub. Là, on citait en exemple, et avec une sorte d'émerveillement, sa capacité à ingurgiter des litres et des litres d'alcool, des heures durant, sans jamais tomber ivre mort.

– Damien, c'est le plus fort de nous tous ! avait un jour décrété le chef de cette sinistre bande d'inutiles.

Et Damien, heureux d'être admiré pour quelque chose, s'employait à mériter cette admiration largement au-delà du raisonnable.

Alors que ses « compagnons », comme il les appelait, ne commençaient leurs orgies qu'à la nuit tombée, Damien Saint-Valdor en arriva assez rapidement à ne plus pouvoir se passer d'alcool quel que soit le moment de la journée.

Le jour où Apolline le surprit en train de s'enfiler deux canettes de bière coup sur coup, au saut du lit, debout devant le réfrigérateur, simplement pour mettre fin au tremblement de ses mains, elle passa la journée entière à pleurer. En se cachant pour que Damien ne la voie pas.

La mort dans l'âme, Apolline finit par en parler à leurs parents, parce qu'elle ne se sentait plus assez forte pour aider Damien toute seule. À eux trois, ils finirent par le persuader d'entrer dans une clinique spécialisée, afin de se faire désintoxiquer.

Le jour où il y entra fut le plus beau de toute la vie d'Apolline, persuadée que tout allait redevenir comme avant, que le cauchemar était derrière eux.

Alors qu'il était juste devant, et, patiemment, attendait son heure…

Damien sortit de clinique au bout de six semaines, métamorphosé. C'était comme si rien ne s'était passé. Même physiquement, il était redevenu le jeune homme au visage d'ange et au corps souple qu'Apolline aimait.

Durant un peu plus d'un an, il ne mit pas les pieds une seule fois au pub, ne but pas une goutte d'alcool.

Deux ou trois fois, Apolline l'avait bien surpris, dans telle ou telle rue d'Évreux, en pleine discussion avec l'un de ses anciens « compagnons », mais, à chaque fois, ils s'étaient séparés sur le trottoir et Damien avait résisté aux sirènes maléfiques.

Apolline voulait croire qu'il en serait toujours ainsi. Pour plus de sûreté, elle méditait d'aller s'installer à Paris avec Damien, afin de le couper encore plus radicalement de la « bande du pub ».

Elle y croyait d'autant plus que Damien, plein d'une ardeur nouvelle, s'était remis à écrire. S'inspirant de ce qu'il venait de vivre, il avait composé une longue nouvelle, laquelle avait été acceptée et publiée dans une revue récente mais prometteuse : *Tours littéraires*.

– Et ce n'est qu'un début ! avait jubilé Damien, lorsque les exemplaires étaient arrivés à Évreux. Je sens bouillonner une sorte de fièvre créatrice en moi ! Je sais que je porte de grands livres qui ne demandent qu'à sortir !

Ils ne sortirent jamais.

Quelques mois plus tard, après que la même revue eut refusé son second texte, en effet très inférieur au premier, Apolline était bien obligée d'en convenir, Damien retourna au pub. Seul, sans la bande.

– J'ai pris juste une bière et je me suis barré, il n'y a quand même pas de quoi en faire un drame ! avait-il protesté d'un ton un peu agacé, lorsque Apolline, le soir même, lui en avait fait doucement le reproche.

Il y était retourné le lendemain et avait bu deux bières. Le surlendemain deux bières et un « petit » whisky.

Au bout d'une semaine, Damien alla au pub à une heure où il était sûr que la bande des compagnons s'y trouverait.

Et tout recommença comme avant. Pire qu'avant. Le cauchemar à la puissance trois.

Les derniers temps, Apolline ne parvenait même plus à parler avec Damien, qui la rembarrait durement dès qu'elle essayait d'aborder le sujet.

Bien entendu, ils ne faisaient plus l'amour non plus. Le cœur brisé, le cerveau pris dans un étau d'angoisse, Apolline se demandait comment tout cela allait se terminer.

Elle fut fixée le 6 novembre 1999, peu avant huit heures du matin.

Ce jour-là, par une aube grise et sale, deux inspecteurs de police avaient sonné au domicile familial des Saint-Valdor. Pour leur apprendre que Damien s'était suicidé en se jetant par la fenêtre du deuxième étage d'une maison située en pleine campagne, entre Évreux et Pacy-sur-Eure.

Il était mort sur le coup.

La maison appartenait aux parents de celui que les « compagnons » considéraient comme leur chef, sans doute parce qu'il était le plus âgé.

Il s'appelait Sébastien Cournaud et travaillait plus ou moins dans l'imprimerie de son père, à Elbeuf.

Bien entendu, il y avait eu enquête de gendarmerie. Qui avait conclu à un suicide, dû à une absorption massive d'alcool. Tous les témoins, les « compagnons », interrogés séparément, avaient donné la même version : à un moment de la soirée, Damien Saint-Valdor avait quitté le salon en balbutiant qu'il les avait assez vus et qu'il avait décidé d'en finir une bonne fois pour toutes « avec ces conneries ». Sur le coup, les autres avaient pris ça à la légère, mais, au bout d'un moment, ne le voyant pas réapparaître, ils étaient partis à sa recherche, dans les étages de la grande maison. Ils avaient débouché dans la salle de bain du second étage juste à temps pour le voir debout en équilibre sur le rebord de la fenêtre, puis se jeter dans le vide sans un cri.

Telle était la version officielle de la mort de Damien Saint-Valdor. Version à laquelle Apolline Vinteuil avait cru, durant encore trois ans.

Jusqu'à ce que, au cours d'une soirée d'étudiants, le hasard ne lui fasse faire la connaissance de Céline Vaubert, une ex-petite amie de Samuel Chaouch, l'un des membres de la « bande du pub ». Ce soir-là, l'alcool aidant, et ignorant complètement qu'Apolline était la sœur par alliance de Damien Saint-Valdor, Céline lui avait fait des révélations qui avaient fait violemment sauter la vie d'Apolline hors de ses rails.

« On s'imagine qu'on sait tout parce qu'on vit dans une petite ville, avait attaqué Céline Vaubert d'une voix pâteuse, mais on se gourre. On se gourre vachement, même ! Moi, si je disais tout ce que je sais, y en a qui auraient du souci à se faire. À commencer par cet enculé de Samuel qui m'a larguée comme une vieille savate, par un simple message sur mon répondeur ! Tu le crois, ça ?

En entendant le nom prononcé par Céline, Apolline avait sursauté. Elle savait que Samuel Chaouch faisait partie de la bande du pub. Un jour, Damien lui avait même précisé que c'était le « queutard » de la bande…

Questionnée adroitement par elle, Céline ne s'était pas fait prier pour raconter sa version de la soirée qui avait été celle du « suicide » de Damien.

Son récit était quelque peu embrouillé, contradictoire sur certains points et plein de « trous ». Néanmoins, Apolline avait compris. Comme Damien, déjà très ivre, se vantait d'être un vrai personnage de roman russe, ses compagnons de beuverie, ce soir-là, avaient trouvé très drôle de le mettre au défi d'accomplir le même exploit que Dolokhov, ce personnage de *La Guerre et la Paix*, de Tolstoï, qui parie être capable de descendre cul sec une bouteille de rhum, tout en étant assis sur l'appui de la fenêtre du troisième étage, jambes à l'extérieur, et qui le fait effectivement.

– J'emmerde cette couille molle de Dolokhov ! aurait alors braillé Damien. Moi, c'est debout que je vais le faire !

D'après Céline, il y avait bien eu une voix pour s'élever contre ce projet dément et stupide, mais les autres, trouvant cela fort drôle, l'avaient rapidement fait taire. Et tous s'étaient transportés au deuxième étage de la maison, à la suite de Damien et de sa bouteille de rhum, qu'on avait dû aller chercher jusque dans l'arrière-cuisine, le bar n'en comportant aucune.

Toujours d'après le récit fait à Céline par Samuel

Chaouch, Damien aurait eu le temps d'avaler les deux tiers du rhum avant de basculer par la fenêtre ouverte. Ensuite, brutalement dégrisés, les « compagnons » auraient mis au point leur version des faits, avant d'alerter la police. Laquelle, l'aurait fait sienne, d'autant plus facilement que ces jeunes gens avaient presque tous des parents très influents au niveau de la ville d'Évreux et même du département…

Allongée sur son lit, d'une immobilité rigoureuse, tel un gisant de pierre, Apolline Vinteuil sentait de grosses larmes brûlantes sourdre sous ses paupières closes et les ronger comme de l'acide. Comme à chaque fois qu'elle pensait aux assassins de Damien.

Car, pour elle, dès ce jour, la chose n'avait plus fait le moindre doute : les « compagnons » avaient tué Damien. Ils l'avaient même tué deux fois. D'abord en le plongeant dans cet enfer qu'est l'alcool, et ensuite en l'encourageant à ce pari stupide et suicidaire.

Pour cela, il fallait qu'ils paient.

Le premier réflexe d'Apolline, en découvrant la vérité, avait été de filer chez les gendarmes pour leur raconter ce qu'elle venait d'apprendre, afin qu'ils rouvrent l'enquête.

Mais, lorsqu'elle avait évoqué cette possibilité,

deux jours plus tard, devant Céline Vaubert, celle-ci, dessaoulée, s'était fermée comme une huître.

– Si tu vas baver auprès des flics, je nierai tout en bloc ! avait-elle sifflé. De toute façon, dix personnes affirmeront que tu étais complètement bourrée et personne ne te croira !

Céline avait raison, évidemment. Car Apolline, depuis la mort de Damien, s'était mise à boire, en effet. Comme si elle voulait connaître ce que Damien avait connu, partager un coin de son enfer.

Ce jour-là, la vie d'Apolline Vinteuil changea radicalement. D'abord, elle cessa totalement de boire en public. Ensuite, elle résolut de faire justice elle-même.

En éliminant physiquement, un par un, les six membres de la « bande du pub ».

Il lui avait fallu cinq ans, après sa conversation avec Céline Vaubert pour tout organiser. Les deux premières années, elle s'était contentée de suivre à la trace, aussi discrètement que possible, les membres de la bande, qui était alors en voie de dislocation. Afin de savoir où trouver chacun d'eux, quand le moment serait venu.

Parallèlement, elle s'était lancée dans l'apprentissage du tir et de divers sports de combat. Pour être efficace quand il faudrait l'être…

La seule chose qui freinait Apolline Vinteuil,

dans l'exécution de ses idées meurtrières, c'était ses parents. Si jamais elle échouait, se faisait prendre, elle savait que ni l'un ni l'autre ne survivrait à ce nouveau coup du destin qui leur avait déjà ravi Damien.

Alors, elle attendait, rongeant son frein, remâchant sa haine. Essayant de ne pas devenir folle.

Elle avait essayer de s'étourdir dans les bras de différents hommes. Ce fut pour découvrir que, hors Damien, elle était incapable d'éprouver le moindre plaisir physique lorsqu'elle faisait l'amour.

Frigide. Elle était devenue frigide. Aussi glacée dans sa chair que Damien dans son tombeau.

Alors, elle qui dessinait et peignait depuis le début de son adolescence s'était jetée à corps perdu dans son art, passant des huit ou dix heures d'affilée devant ses toiles, tentant d'oublier dans la peinture la réalité qui l'oppressait et la tuait à petit feu, mais sûrement.

Les événements s'étaient accélérés en décembre 2004, lorsque, dans l'espoir de se changer un peu les idées, Hélène et Bertrand Saint-Valdor avaient décidé d'aller passer deux semaines au soleil de la Thaïlande.

Au matin du 26 décembre, ils se trouvaient dans le mauvais hôtel, au moment où l'énorme vague du tsunami avait déferlé. On n'avait jamais retrouvé leurs corps.

Trois ans plus tard, Apolline s'étonnait encore du peu de chagrin qu'elle avait ressenti, en apprenant la mort de sa mère et de son beau-père et en découvrant qu'elle était désormais seule au monde.

Ce qui aurait pu passer pour de l'insensibilité tenait au fait que la première chose qu'elle avait alors comprise, c'est qu'il n'y avait plus aucune barrière entre elle et la vengeance qu'elle ruminait er préparait depuis près de trois ans.

Une vengeance qui était alors passée en phase active. Avec, pour commencer, en ligne de mire, Sébastien Cournaud, à qui son père avait offert une imprimerie, à Lyon, dans l'espoir qu'il se rangerait enfin. Ce qui s'était en effet produit.

Celui-là, avant de le tuer, Apolline lui avait fait confirmer tout ce qui s'était passé lors de la soirée où Damien était mort. Contre la promesse d'avoir la vie sauve, l'imprimeur ne s'était pas fait prier pour tout déballer, essayant désespérément de persuader Apolline que celui qui s'était opposé au pari mortel, c'était bien entendu lui.

Lorsqu'il avait eu fini, Apolline, tel le matador, lui avait planté ses deux tire-bouchons dans les yeux.

Mais, une heure plus tôt, avant de révéler à Cournaud qui elle était, elle avait vécu une expérience bouleversante.

Celle du retour du plaisir sexuel, qu'elle n'avait plus connu depuis la mort de Damien. Elle en avait été très choquée, sur le moment : comment son corps pouvait-il jouir de cet homme qu'elle haïssait ?

Elle avait entrevu la vérité lorsque le même phénomène s'était répété à l'identique avec Didier Graziani, sa deuxième victime.

C'était la perspective de la vengeance, la proximité de la mise à mort qui la faisaient jouir aussi fort.

Sans ces ingrédients monstrueux, elle redevenait d'une frigidité totale, ainsi qu'elle venait encore d'en faire l'expérience, deux jours plus tôt, avec ce pauvre crétin suffisant de Jean-Patrick.

Apolline s'accrochait, avec une sorte de désespoir, à l'idée que, quand tout serait fini, quand elle aurait réglé son compte au dernier de sa liste, elle pourrait redevenir une femme normale, apte au plaisir, elle pourrait revivre, ou plutôt commencer enfin à vivre. Elle n'y croyait qu'à moitié…

Apolline ouvrit enfin les yeux et, avec un bref gémissement, se dressa sur son lit brusquement, comme à la suite d'un épouvantable cauchemar. Et, de fait, c'est exactement ce qu'elle venait de revivre.

Elle se leva, passa rapidement sous la douche, comme pour se laver de ses fantômes, avant de s'habiller. À chaque fois qu'elle évoquait le passé, et donc Damien, c'était la même chose : elle ne pouvait plus supporter de rester seule dans son atelier silencieux, il fallait qu'elle sorte, qu'elle voie du monde, de l'agitation autour d'elle.

Pour ne pas risquer de se mettre à boire trop tôt, elle résolut de passer à la galerie, voir si, depuis la veille, certaines de ses toiles avaient été achetées.

Non qu'elle eût besoin de gagner de l'argent : en mourant, sa mère et son beau-père lui avaient laissé de quoi vivre dans l'opulence pendant au moins deux ou trois siècles…

Mais, pour un artiste, trouver acquéreur de son travail était au fond la seule forme de reconnaissance qui vaille. Et, sa peinture, c'était la seule chose, elle le pressentait, qui réussirait à maintenir Apolline Vinteuil en vie, lorsque sa vengeance serait arrivée à son terme.

Ce qui était sur le point de se produire puisque sa liste ne comportait plus qu'un seul nom.

Une demi-heure plus tard, Apolline poussait la

porte de la galerie Tipischeff, où était exposé un certain nombre de ses œuvres les plus récentes. Dont les fameux *Golgotha*, exécutés d'après les quatre premiers assassinats de « compagnons » qu'elle avait perpétrés.

Apolline Vinteuil avait longtemps hésité avant d'exposer ces quatre toiles. Elle se rendait parfaitement compte que c'était imprudent, tenter le diable gratuitement.

Mais, finalement, elle l'avait fait. Parce qu'elle était très contente de ce qu'elle avait peint là, et aussi par une sorte de défi, qui lui restait assez obscur.

Marie-Caroline Grosjean était assise derrière sa petite table, plongée dans la lecture du dernier numéro d'*Art Press*. À part ça, la galerie semblait vide. Au bruit de la porte, elle leva la tête et sourit gentiment à Apolline.

– Venez armés : l'endroit est désert ! s'efforça de plaisanter cette dernière.

– Il faut reconnaître que, cet après-midi, ça ne s'est pas bousculé, approuva la jolie blonde avec une petite grimace. Mais on n'a encore eu aucune presse, c'est pour ça. Du reste, j'attends beaucoup de cette Justine Sandillon : si elle est revenue avec sa copine flic qui lui ressemble tellement, c'est qu'elle a aimé vos œuvres et on peut penser que…

– Qu'est-ce que vous venez de dire ? l'interrompit Apolline, dont le corps venait de se raidir.

Marie-Caroline fut un peu décontenancée par l'interruption, puis elle reprit :

– Eh bien, je disais qu'elle avait peut-être l'intention de nous pondre un papier dans...

– Non, pas ça ! l'interrompit de nouveau Apolline avec une impatience grandissante. Qu'est-ce que vous avez dit, à propos de sa copine qui lui ressemble tellement ?

– Euh... qu'elle était de la police ? Pourquoi ? Vous ne le saviez pas ? Elle ne vous l'a pas dit ? Je vous ai vues parler ensemble, pourtant ! Je pensais...

Apolline Vinteuil n'écoutait plus. Donc, cette Géraldine Hébert (elle se demanda par quel miracle elle se souvenait de son nom), en plus de l'avoir longuement questionnée sur son inspiration à propos des *Golgotha*, avait pris soin de lui cacher qu'elle était flic.

Cela pouvait être un hasard, bien sûr.

Mais cela pouvait aussi vouloir dire qu'elle était sur sa piste. Donc, il n'y avait plus de temps à perdre.

Apolline Vinteuil quitta la galerie sans même dire au revoir à Marie-Caroline Grosjean, qui en eut l'air surprise.

Apolline se mit à marcher droit devant elle, au hasard. Avec une seule idée en tête. Il lui fallait terminer ce qu'elle avait à faire. Il fallait rayer le dernier nom de la liste.

Et le faire plus tôt qu'elle ne le pensait.

Il fallait le faire maintenant.

CHAPITRE XI

La porte du bureau des Affaires recommandées s'ouvrit à la volée, faisant sursauter Boris Corentin et Aimé Brichot, qui venaient à peine de revenir d'Évreux où ils avaient passé la journée. Ils eurent la surprise de découvrir le visage rosi par le froid de Géraldine Hébert.

– Eh ! qu'est-ce que tu fais là, Petit bonhomme ? s'étonna Corentin. Tu n'étais pas censée prendre ta journée ?

– Je l'ai prise. Mais, là, c'est plus la journée, c'est le début de la soirée, donc ça ne compte pas, répondit la jeune femme, avec une logique un peu déconcertante.

– Et que nous vaut le plaisir de cette irruption, très chère ? s'enquit galamment Aimé Brichot, occupé à nettoyer ses lunettes avec la petite peau de chamois qui ne quittait jamais sa poche intérieure.

– J'avais trop hâte de savoir comment s'était passée votre journée à Évreux et si vous aviez fait bonne pêche ! fit Géraldine, en posant sans façon une fesse sur le coin du bureau de Boris Corentin.

– Tu aurais pu te contenter de téléphoner, au lieu de traverser la moitié de Paris… fit remarquer celui-ci.

– Oui, bon, en attendant je suis là, s'énerva brusquement Géraldine, qui semblait vraiment très excitée. On ne va pas épiloguer là-dessus pendant cent sept ans non plus !

– Mais quel caractère de hyène ! la provoqua Aimé Brichot, en souriant derrière sa moustache.

– Oui, c'est notre hyène de garde, en quelque sorte, enchaîna Corentin.

– Oh ! p'tain, les garçons, vous commencez à me faire braire, là ! Bon, vous me la racontez, cette journée, ou je dois faire les pieds au mur pour vous attendrir ?

– Je vote « pieds au mur »… murmura Boris, en lorgnant ostensiblement sur la jupe flottante que portait Géraldine, elle qui, en principe, ne jurait que par les pantalons.

– Vicelard ! rigola-t-elle, toute son humeur envolée d'un coup. Bon, allez, je vous écoute. Et si c'est intéressant, j'aurai peut-être bien un truc à vous raconter aussi, moi.

Suivant le mauvais exemple donné par le commissaire Badolini, Boris Corentin alluma une cigarette, bien que fumer soit interdit dans tous les locaux de la PJ. D'un autre côté, pour faire constater une infraction de ce genre à la législation, il fallait appeler la police, alors…

– On n'a pas perdu notre temps, commença-t-il, après avoir tiré une profonde bouffée. Nos quatre morts répertoriés faisaient partie d'une même petite bande, il y a douze ou quinze ans, qui, apparemment menait la grande vie.

– Des pochtrons finis, comme vous diriez… précisa Aimé Brichot à l'intention de Géraldine.

– Ils étaient sept en tout, six hommes et une femme, reprit Boris Corentin.

– Comment tu peux être aussi sûr, après tout ce temps ? demanda Géraldine. Et puis, dites : les bandes de saoulards, ça va ça vient, hein !

– On en est absolument certains et tu vas comprendre pourquoi, Petit bonhomme. Il se trouve qu'il y a huit ans, au cours d'une beuverie carabinée, l'un des membres de la bande s'est jeté par la fenêtre, pratiquement sous les yeux de ses copains. Et, donc…

– Donc, enchaîna Géraldine Hébert, il y a eu enquête et c'est comme ça que vous connaissez l'identité des autres.

– Tout juste. Ce qui est intéressant, pour commencer, c'est l'identité du mort : Damien Saint-Valdor, l'auteur de la nouvelle que nous…

Il fut interrompu par le cri de Géraldine :

– Saint-Valdor ! Mais, oui, que je suis conne, alors !

– On peut savoir ? demanda Aimé Brichot, en remontant machinalement ses lunettes sur son nez busqué.

Géraldine Hébert leur raconta par le menu sa visite à la galerie de peinture, en compagnie de Justine Sandillon, quelques heures plus tôt. Y compris, bien sûr, sa découverte de la série des quatre *Golgotha*.

– Tu as raison, c'est troublant… murmura Boris Corentin, les yeux dans le vague.

– Attends, c'est pas fini ! Tu sais comment s'appelle l'artiste ? fit Géraldine, rouge d'excitation.

– Trop facile, sourit Corentin : Saint-Valdor, je suppose ?

– Exact ! Dionysia Saint-Valdor : c'est une femme, je l'ai rencontrée. Une brune plutôt pas mal, du reste… Cheveux très longs, grande, assez mince mais bien foutue, des yeux d'un bleu extraordinaire…

Géraldine Hébert s'aperçut soudain que les deux autres l'écoutaient avec une attention que sa simple description ne nécessitait pas forcément.

– Qu'est-ce qui vous arrive, les garçons ?

– Il nous arrive que Samuel Chaouch, l'opticien de Toulouse, le troisième mort, a été vu, quelques heures avant sa mort, au *Manoir*, un club d'échangistes très connu de la région, lui expliqua Boris Corentin.

– Et qu'il était accompagné par une femme qui, d'après le rapport, correspond exactement à cette artiste que vous venez de décrire, enchaîna Aimé Brichot. Cela étant, des brunes à cheveux longs, hein...

– Petit bonhomme, je crois que ça vaudrait tout de même le coup que tu retournes faire un tour à cette galerie pour essayer d'en savoir plus sur cette Dionysia, on ne sait jamais, décida Corentin. Je ne pense pas que ça nous mène à grand-chose, dans la mesure où, d'après ce que nous savons, Damien Saint-Valdor était fils unique, mais enfin...

– Et du côté de ses parents ? demanda Géraldine.

– Morts tous les deux, répondit Brichot. La mère d'un cancer lorsque Damien avait une dizaine d'années. Puis, son père s'est remarié avec une certaine Hélène Vinteuil, elle-même veuve, et ils ont péri tous les deux lors du fameux tsunami de décembre 2004, en Thaïlande.

– Pas de bol... conclut laconiquement Géraldine

Hébert, avec un petit haussement d'épaules fataliste.

Elle quitta le coin de bureau sur lequel elle s'était assise et regarda Boris Corentin :

– Je vais filer, Grand chef : je crois que la galerie Tipischeff reste ouverte assez tard et j'aimerais bien y passer maintenant, avant de rentrer me zoner.

– Tu as raison l'approuva celui-ci : il faut battre le fer et gnin gnin gnin ! De toute façon, nous al…

Il fut interrompu par la sonnerie de son téléphone de bureau, qu'il décrocha immédiatement.

– Commandant Corentin, j'écoute !

À mesure que son correspondant parlait, Aimé Brichot et Géraldine Hébert voyaient les traits de leur chef se tendre, tandis que ses yeux se mettaient à pétiller d'une excitation qu'ils connaissaient bien : celle du fauve à qui on vient de donner une piste fraîche à flairer.

– Alors ? dirent-ils en même temps, dès que Corentin eut reposé le combiné sur sa fourche.

– Alors, nos collègues du XIVe arrondissement ont retrouvé, il y a environ une heure, une femme assassinée dans son appartement de la rue de Vouillé, un couteau de cuisine à lame large plantée jusqu'au manche dans le vagin. Je suppose que vous avez déjà deviné comment elle s'appelle…

– Chantal de Siniargues ! souffla Aimé Brichot,

qui avait eu le temps d'étudier la liste des anciens compagnons de beuveries de Damien Saint-Valdor.

– Est-ce qu'on a trouvé la revue littéraire avec une page arrachée ? demanda Géraldine.

– Je ne sais pas, répondit Corentin, en se passant la main dans les cheveux. De toute façon, Mémé et moi allons filer là-bas : on verra sur place. Si on trouve cette revue, je prends déjà les paris qu'il y manquera les pages 124 et 125 !

– *Because* ? demanda Géraldine, en enfilant son blouson de cuir vert.

– Parce que c'est le passage où, dans sa nouvelle, Damien Saint-Valdor dresse le portrait du seul personnage féminin de l'histoire. Bon, allons-y ! On reste en contact téléphonique, OK, petit bonhomme ?

– Bien sûr. Mais on pourrait peut-être se retrouver tous les trois chez moi, après, pour faire le point ?

– Pourquoi pas ? répondit Boris Corentin, après avoir quêté d'un regard l'assentiment d'Aimé Brichot. Bon, eh bien, à tout à l'heure, dans ce cas !

Comme il ne pleuvait plus, Géraldine avait décidé de rejoindre la galerie Tipischeff à pied, ce qui ne lui prit guère plus d'un quart d'heure.

Lorsqu'elle poussa la porte, elle put constater

qu'il y avait un peu plus de monde que lors de sa première visite. Derrière sa table d'accueil, Marie-Caroline Grosjean était occupée à vendre un catalogue de l'exposition à un couple d'Américains d'une soixantaine d'années.

Géraldine attendit patiemment qu'elle ait terminé, en faisant mine de regarder les toiles accrochées aux murs, histoire de se donner une contenance.

Enfin, les deux Américains s'évacuèrent vers la rue et elle put s'approcher de la jeune galeriste. Qui, la reconnaissant, lui offrit son plus beau sourire.

– Ni shit, ni herbe : vous pouvez fouiller partout, Madame l'agent ! plaisanta-t-elle.

Géraldine voulut bien rire avec elle, mais juste le temps minimum nécessaire.

– Dites-moi, chère Marie-Caroline… commença-t-elle, avec son plus beau sourire.

– Oh ! soyez gentille : appelez-moi juste Marie ! l'interrompit la jeune femme. J'ai une sainte horreur de mon prénom !

– Ah ? Pourquoi ?

– Vous ne trouvez pas qu'il fait terriblement « jeune fille de bonne famille » ?

– Si, un peu, reconnut Géraldine en riant franchement.

– Et, donc, vous disiez ?

– J'aurais aimé savoir une chose par simple curiosité, ça n'a rien à voir avec mon boulot, répondit Géraldine Hébert. J'ai été assez amie, il y a quelques années avec un Damien Saint-Valdor, que j'ai perdu de vue depuis. Et je me disais que si, par hasard, Dionysia était de sa famille, elle pourrait peut-être m'aider à le retrouver…

Marie-Caroline Grosjean répondit sans hésiter et sur un ton catégorique :

– Franchement, ça m'étonnerait !

– Ah bon ? Pourquoi ça ?

– Parce que Dionysia Saint-Valdor, c'est juste son nom d'artiste. En réalité, elle s'appelle Apolline Vinteuil. Donc, aucune chance qu'elle soit parente avec votre Saint-Valdor. Je suis désolée…

En entendant le nom prononcé par la jeune galeriste, Géraldine Hébert tressaillit, mais parvint à garder un visage impassible.

Vinteuil ! C'était le nom que Boris Corentin lui avait donné comme étant celui de la seconde épouse de Bertrand Saint-Valdor, le père de Damien ! Décidément, les pistes n'en finissaient plus de se recouper.

Pour aboutir toutes, ou presque, à l'étrange auteur des *Golgotha*…

– Bon, si jamais vous la rencontrez à nouveau, pas la peine de dire à Dionysia que je vous ai raconté tout ça, hein ? fit soudain Marie-Caroline. Je pense que je me ferais un peu sérieusement engueuler ! Déjà qu'elle a fait une drôle de tronche quand je lui ai appris que vous étiez de la police…

Durant une seconde ou deux, Géraldine eut l'impression que le sang se figeait dans ses artères. Elle eut du mal à ne pas laisser libre cours à la mauvaise humeur qui venait de l'envahir. Pourquoi diable cette idiote de blonde était-elle allée raconter ça à Apolline Vinteuil, alias Dionysia Saint-Valdor ?

Juste aussitôt, elle se raisonna : la pauvre fille n'y était évidemment pour rien, plongée qu'elle était, malgré elle, dans une histoire qui la dépassait.

Elle faillit demander à la jeune galeriste l'adresse d'Apolline Vinteuil, mais, finalement, elle préféra s'abstenir. À ce stade, il était inutile d'éveiller trop sa curiosité.

Pour une fois, Géraldine Hébert décida de jouer la prudence et de ne prendre aucune initiative avant d'avoir rendu compte à Boris Corentin.

Elle prit rapidement congé de Marie-Caroline Grosjean. Sur le trottoir, elle sortit son portable de la poche de son blouson afin d'appeler son supérieur hiérarchique. Au moment d'enfoncer la touche « mémoire », elle se souvint qu'elle avait donné rendez-vous chez elle à ses deux coéquipiers masculins. Elle rangea son téléphone et se dirigea vers l'entrée du métro Châtelet-Les Halles.

En arrivant sur son palier, Géraldine Hébert entendit des chuchotements et de petits rires étouffés derrière sa porte. Remettant sa clé dans sa poche, elle abaissa la poignée métallique et entra.

Dans la cuisine, juste à gauche de l'entrée, se tenaient Jonathan Kepler (qui possédait un double de la clé) et Jamila Lakhdar, sa petite copine. Géraldine se souvint alors qu'elle avait demandé à son « soupirant » de faire quelques courses pour elle. De fait, trois sacs en plastique de supermarché étaient posés sur la paillasse de l'évier.

Plutôt que de déballer et ranger ce qu'il avait acheté, Jonathan avait visiblement trouvé plus excitant de plaquer la petite métisse – mi Tunisienne, mi-Guadeloupéenne – contre le mur afin de lui prouver toute son affection. La gamine – elle allait bientôt avoir 17 ans... – avait enroulé l'une des jambes autour de la taille de son petit copain et le laissait complaisamment fourrager à l'intérieur de sa petite culotte de coton blanc, tout en pétrissant de ses petites mains potelées ses fesses un peu trop maigres.

– Dites voir, les deux, s'exclama Géraldine, en prenant un air et un ton sévères, il faudrait peut-être pas confondre mon appart' avec un hôtel de passe !

Immédiatement, Jonathan rectifia la position, en rougissant jusqu'aux oreilles. En revanche, pas gênée du tout, Jamila se fendit d'un grand sourire, fonça droit sur Géraldine, se pendit à son cou et lui plaqua deux baisers sonores sur les joues.

– Mademoiselle Géraldine ! Je suis contente de vous voir ! Ça faisait longtemps, non ?

– T'as raison ! Au moins une grande semaine ! répondit Géraldine en riant franchement.

Il était définitivement impossible de se fâcher avec Jamila, qui prenait tout avec une sorte de candeur désarmante, que son âge autorisait.

Pour masquer sa gêne d'avoir été surpris en compromettante posture, Jonathan Kepler s'était mis à ranger ses courses dans les différents placards et dans le frigo. Ce qui fut fait en moins de trois minutes.

– Bon, les enfants, dit alors Géraldine, je ne voudrais pas paraître grossière, mais si vous pouviez vous transporter ailleurs, ça m'arrangerait : j'attends Boris et Mémé d'un instant à l'autre et je...

– C'est vrai ? l'interrompit Jonathan, le regard pétillant. Vous voulez que je vous improvise un petit dîner ?

La cuisine était la grande passion de Jonathan Kepler, qui ne rêvait qu'à une chose : aux trois étoiles qu'il était certain de décrocher un jour...

– Non, pas la peine, ils viennent juste pour écluser un godet. Et, en plus, on a école. Au fait, Liselotte n'est pas rentrée ?

– Elle a appelé juste avant que vous arriviez, répondit Jamila. Pour dire qu'ils avaient pris du retard dans l'inventaire, ou je ne sais plus quoi, et qu'elle ne serait sûrement pas là avant neuf heures, minimum.

– Bon, merci, fit Géraldine avec un bref sourire. Et maintenant, ouste, les mômes !

Jamila et Jonathan disparurent dans l'escalier, sans même songer à s'offusquer du qualificatif dont Géraldine, par jeu, venait de les affubler.

Cette dernière disposa trois verres et la bouteille de whisky sur la table basse de la partie salon. Elle était en train de se battre avec le bac à glaçons récalcitrant, lorsque deux coups énergiques et rapprochés furent frappés à la porte : la marque de Boris Corentin.

– Entre, Grand chef, c'est ouvert !

– Et moi, je suis censé rester couché en boule sur le paillasson ? plaisanta Aimé Brichot, en passant une tête par l'entrebâillement.

– Allez vous installer au salon, les garçons. Grand chef, tu nous sers trois godets ? J'arrive avec les glaçons. Et dosés comme pour un homme, hein !

Lorsque Géraldine arriva au salon, avec un bol plein de glaçons, Boris Corentin était en train de s'assigner à la tâche qu'elle lui avait confiée.

– Alors ? Cette virée dans le XIVe ? demanda-t-elle en laissant tomber deux cubes translucides dans son whisky, avant de passer le bol à Aimé Brichot.

– Le spectacle était moyennement appétissant, répondit ce dernier avec une petite grimace.

– À part ça, aucune trace de la revue *Tours littéraires*, enchaîna Corentin, en allumant une cigarette. Mais ça ne veut rien dire, évidemment : Chantal de Siniargues peut ne l'avoir jamais eue, l'avoir perdue, ou jetée…

Corentin prit le temps d'avaler une gorgée d'alcool avant de poursuivre :

– Ce qui est plus intéressant, c'est que, quand nous sommes arrivés sur place, les gars du Ciat[1] avaient déjà eu le temps de ratisser un peu le quartier.

– Et alors ? fit Géraldine.

– Alors, le patron d'un bar situé à environ deux cents mètres de chez elle, le *Cosy fan tutte*, a affirmé que Chantal de Siniargues s'arrêtait presque chaque soir dans son établissement, pour boire un verre d'alcool ou deux, voire trois. Et que, ce soir, elle avait lié connaissance avec une jeune femme grande, mince, très belle, avec de longs cheveux noirs.

1. Abréviation de commissariat, en jargon policier.

– Tiens donc ! Et ?

– Chantal et elle sont parties séparément, mais à moins de cinq minutes d'intervalle, ce qui, d'après le patron du *Cosy*, était une ruse pour qu'on ne croie pas qu'elles partaient ensemble. Il soupçonne fortement sa cliente régulière d'être une « goudou », comme il dit si bien…

– Et de votre côté ? demanda aimablement Aimé Brichot, en se tournant vers Géraldine. À la galerie ?

– Je n'y suis pas allée pour rien ! répondit Géraldine, avec un petit sourire mystérieux.

– Allez, raconte, Petit bonhomme ! la pressa Corentin. Tu ne vas pas jouer les Mémé Brichot, si ?

– Je te remercie ! fit ce dernier, d'un ton pincé.

Géraldine Hébert expliqua rapidement aux deux hommes ce qu'elle avait appris à la galerie Tipischeff, au sujet de la double identité d'Apolline-Dionysia et leur signala le fait que l'artiste était désormais au courant de sa qualité de policier.

– C'est embêtant, ça… murmura Boris Corentin, l'air soucieux, en se frottant le menton.

Il se reprit très vite :

– Bon, je crois qu'au stade où on en est, et même si on ne démêle pas encore bien les tenants et les aboutissants de toute l'affaire, nous avons deux choses urgentes à faire. Premièrement, avoir une conversation très sérieuse et approfondie avec cette

Apolline Vinteuil qui me semble être au centre de tout. Deuxièmement, retrouver aussi rapidement que possible le dernier membre de la bande d'Évreux, ce…

Il s'interrompit pour fouiller dans la poche droite de son blouson fourré. Il en sortit une feuille de papier bleu qu'il déplia d'un geste sec.

– Xavier Lepoitevin, le dernier de la bande à être encore vivant, désormais, depuis la mort de Chantal de Siniargues. Et qui se trouve également être le plus jeune de tous. 32 ans à ce jour…

– Tu crois que l'assassin va s'en prendre à lui ? demanda Géraldine Hébert.

– Ça ne te semble pas logique ? demanda Corentin, un sourcil relevé.

– Si, évidemment. La question est : où est-ce qu'il peut bien être en ce moment ?

– À mon avis, à Paris, répondit Aimé Brichot.

– Ah ? Et pourquoi ?

– Parce que les trois premiers morts étaient tous de province, alors que les deux derniers étaient parisiens ou banlieusards. Donc, la logique…

– Pas con, Mémé ! approuva Boris Corentin. Ça va limiter nos recherches. Mais je pense qu'il faut faire très vite. Surtout maintenant que cette…

Il fut interrompu par trois coups frappés à la porte.

Chapitre XII

– Tu attends quelqu'un, Petit bonhomme ? demanda Boris Corentin, après les trois coups frappés.

– Non, personne, répondit Géraldine Hébert en se dirigeant vers la porte d'entrée.

Elle fut plutôt surprise de se retrouver face à Justine Sandillon. Et encore plus de lui trouver un air grave, préoccupé, très inhabituel chez elle.

– Géraldine, il faut que je te parle, il m'arrive un drôle de truc, dit très vite la jeune journaliste, en pénétrant dans la petite entrée. Je t'ai déjà parlé de mon pote Xavier, qui est secrétaire de rédaction au journal ?

– Euh… non, mais…

– Pas grave ! la coupa Justine, apparemment très excitée. Il lui arrive un drôle de truc : il est persuadé qu'on cherche à l'assassiner, comme on a tué récemment trois ou quatre de ses anciens potes et…

– Xavier comment ? fit soudain la voix de Boris Corentin qui, surgissant du salon sans prévenir, fit violemment sursauter Justine Sandillon.

– Waow ! Boris, vous m'avez flanqué une de ces pétoches ! Vous pourriez prévenir…

– Votre ami, il s'appelle Xavier comment ? répéta Corentin, très tendu.

– Lepoitevin, mais je…

– Venez par ici et racontez-nous tout ça, la coupa Boris, en la saisissant par le bras pour l'entraîner vers le salon avec une autorité irrésistible.

– Dites donc, vous devenez tous fous, dans la police ou quoi ? protesta Justine, lorsque Boris l'eut fait asseoir dans le canapé, à la place qu'il occupait précédemment. Je vous préviens que vous avez intérêt à m'expliquer, sinon je la joue cassos illico ! Géraldine ? J'attends, ma vieille…

Boris Corentin fit un petit signe de tête à sa jeune coéquipière. Laquelle entreprit de raconter dans ses grandes lignes l'affaire sur laquelle ils travaillaient.

– Merde alors ! souffla Justine, lorsque son amie se tut. Donc Xavier ne débloquait pas, contrairement à ce que j'ai cru quand il a déboulé chez moi tout à l'heure !

– Non, il ne débloquait pas, répondit Boris

Corentin, en proie à une excitation croissante. Et, grâce à la coïncidence qui l'a conduit à venir se confier à vous, on va sans doute pouvoir lui sauver la vie.

– En espérant que le meurtrier des cinq autres ne le trouve pas avant nous, grommela Aimé Brichot.

– Pas le meurtrier, fit soudaine Géraldine Hébert, dont le regard était devenu d'une fixité extraordinaire: la meurtrière! C'est Appoline Vinteuil l'assassin!

– Qu'est-ce qui te permets d'être aussi affirmative, Petit bonhomme?

– Les *Golgotha*, répondit Géraldine, devenue très pâle. Plus exactement le tableau intitulé *Golgotha IV*, celui représentant la mort par émasculation de Philippe Lenobres.

– Vous pouvez être un poil plus claire... risqua Aimé Brichot, un tantinet largué.

– Appoline Vinteuil, ou plutôt Dionysia Saint-Valdor, m'a dit s'être inspirée des faits-divers qu'elle lisait dans les journaux, pour peindre ces toiles. Or...

– Or, enchaîna Boris Corentin, qui venait de comprendre où Géraldine voulait en venir, la presse n'a fait aucun état de la manière dont avait été tué le docteur! Donc, si Apolline Vinteuil le savait...

– C'est que c'est elle qui l'avait tué, souffla

Justine Sandillon en écho. Ainsi que tous les autres avant.

Boris Corentin lui posa la main sur l'épaule et la serra un peu trop fort, malgré lui :

– Justine, appelez tout de suite Xavier Lepoitevin et ordonnez-lui de n'ouvrir sa porte à personne, excepté à nous. À personne, vous entendez ?

– Tu crois que la situation est si urgente que ça, Grand chef ? s'étonna Géraldine.

– Oui. Et notamment depuis qu'Apolline Vinteuil sait que tu es de la police. Visiblement, elle s'est donné pour mission de supprimer tous ceux qu'elle doit rendre responsables de la mort de son frère par alliance. Il ne lui en reste plus qu'un avant d'en avoir terminé : moi, à sa place, me sachant peut-être sur le point d'être prise, j'accélérerais le tempo avant de disparaître dans la nature…

– Il ne répond pas ! signala Justine d'une voix blanche. Ni sur son portable ni chez lui. Il m'avait pourtant dit qu'il rentrait directement et ne bougeait plus.

– Ça sent mauvais… grimaça Aimé Brichot. Et vous, vous lui avez donné vos numéros ?

– Seulement celui de chez moi, où je suis rarement, répondit Justine : je ne tenais pas à ce qu'il m'appelle toutes les cinq minutes. Je peux interroger mon répondeur à distance, on ne sait jamais…

La jeune journaliste composa le numéro de son domicile, les trois autres faisant cercle autour d'elle. Ils virent ses traits se creuser et son teint pâlir.

– Merde, c'est pas vrai... murmura-t-elle, en coupant la communication.

– Mais parlez, bon sang ! explosa Boris Corentin, qui bouillait littéralement sur place.

– Xavier m'a laissé un message pour me dire qu'une femme venait de l'appeler, en lui disant savoir beaucoup de choses sur la mort des cinq autres...

– C'est elle, c'est Apolline Vinteuil ! exulta Corentin.

– Comment peux-tu en être certain ? s'étonna Aimé Brichot.

– « Sur la mort des *cinq* autres », a dit cette femme, non ? Et qui, à part l'assassin lui-même, pourrait être au courant de la mort de Chantal de Siniargues, alors que nous ne l'étions pas nous-mêmes il y a seulement deux heures ?

– Bon Dieu, tu as raison !

Boris Corentin reporta son attention sur Justine Sandillon :

– Qu'est-ce qu'il dit d'autre ?

– C'est là que ça se complique, murmura la jeune femme, toujours très pâle : il me dit qu'elle lui a donné rendez-vous chez elle et qu'il me rappellera en rentrant pour me raconter.

Il y eut un lourd silence dans l'appartement de Géraldine Hébert. Finalement rompu par Boris Corentin, qui dit, presque sans desserrer les lèvres :

– Bon, on récupère l'adresse d'Apolline Vinteuil et on fonce là-bas ventre à terre !

Il avait failli ajouter « en espérant qu'il ne soit pas déjà trop tard », mais c'était inutile : les trois autres l'avaient pensé en même temps que lui.

*

* *

La langue douce et chaude d'Apolline Vinteuil montait et descendait lentement le long du sexe masculin qui, sous ses caresses patientes, commençait péniblement à prendre volume et consistance. Il faut dire que les circonstances n'étaient pas très favorables au « bénéficiaire » de ces privautés, puisqu'il avait les poignets et les chevilles solidement attachés aux quatre montants du lit.

Et qu'il était de plus sous la menace de la gueule noire du pistolet que tenait sa partenaire dans sa main droite.

Lorsque Xavier Lepoitevin était arrivé à l'atelier, appâté par les prétendues révélations qu'Apolline devait lui faire, cette dernière ne lui avait laissé aucune chance.

Un violent coup de crosse à la base de la nuque l'avait fait plonger dans les vaps, suffisamment de temps pour qu'il reprenne conscience entièrement nu et attaché sur le lit, au fond de l'atelier, dont Apolline avait ouvert en grand la tenture séparant les deux parties de l'immense pièce.

Et il avait découvert, la seconde suivante, Apolline Vinteuil, assise au bord du lit, immobile.

Entièrement nue elle aussi.

– Tu dois te demander ce qui t'arrive, n'est-ce pas ? lui avait-elle demandé d'une voix presque douce mais infiniment triste. Je suppose que tu as oublié, depuis le temps…

Alors, malgré l'angoisse qui lui tordait les tripes, Xavier Lepoitevin avait trouvé la force de parler :

– Non, je sais pourquoi vous faites tout ça, pourquoi vous avez tué les autres. À cause de votre frère… à cause de Dolokhov…

Et il lui avait confirmé, à propos de la mort de Damien, ce que Céline Vaubert lui avait raconté, un soir de trop grande beuverie. À ce moment, Apolline avait quitté le lit pour aller chercher une bouteille de whisky et deux verres.

– Tu en veux ? lui avait-elle demandé gentiment, à sa grande surprise.

– Je… je veux bien, oui… avait machinalement

répondu le jeune homme, estomaqué.

Et il l'avait été encore bien plus lorsque Apolline, lui soutenant la tête, l'avait fait boire comme on le fait avec un jeune enfant, ou un malade alité, trop faible pour se redresser dans son lit.

Apolline avait ensuite avalé un verre plein de whisky, quasiment cul sec. Puis, elle s'était réinstallée sur le lit, son pistolet toujours braqué sur sa victime ligotée.

– Je n'ai rien fait… avait alors soupiré Xavier Lepoitevin, au bord des larmes. Je leur ai dit qu'il ne fallait pas laisser faire Damien, que c'était dangereux, mais personne ne m'a écouté… On m'a dit de fermer ma gueule ou de me casser, alors…

– Alors tu as préféré laisser mon frère tomber par la fenêtre pour amuser tes copains, plutôt que de t'opposer à eux, c'est ça ? avait ajouté Apolline d'une voix plus dure.

– Je sais bien que j'ai eu tort ! avait gémi Xavier, en se tordant dans ses liens pour tenter de se libérer. Mais ce n'est pas de ma faute, je n'ai rien fait… J'avais 23 ans… Ça m'a empêché de dormir pendant des semaines et je…

– Ta gueule maintenant ! moi, ça fait huit ans que ça m'empêche de dormir, si je ne m'assomme pas avec ça (elle désignait la bouteille d'alcool) ! Et ça m'empêche de vivre aussi, figure-toi !

Xavier Lepoitevin avait eu un tressaillement lorsque la main douce d'Apolline avait enveloppé son sexe rabougri, si recroquevillé, si misérable qu'il disparaissait presque entre les poils du pubis.

– Je te propose un marché, avait-elle murmuré, en plongeant ses extraordinaires yeux bleu violet dans les siens : je t'échange la vie sauve contre un orgasme.

– Par… pardon ? avait balbutié Xavier, partagé entre la stupeur et l'espoir.

– Si tu réussis à bander et à me faire jouir, tu pourras partir d'ici sain et sauf.

Apolline Vinteuil avait vu une ébauche de sourire se dessiner sur les lèvres exsangues de son prisonnier, et une lueur de folle espérance s'allumer dans ses yeux. Elle en avait conçu pour lui un profond mépris.

Comment pouvait-il être assez bête pour croire une seconde qu'elle allait le laisser s'en aller d'ici vivant, alors qu'elle lui avait avoué être l'auteur de cinq meurtres ?

Apolline releva la tête et contempla fièrement son œuvre, le beau travail que venaient d'accomplir ses lèvres et sa langue : malgré la peur qui ne cessait de le tenailler, son prisonnier arborait à présent une très convenable érection.

Sans lâcher son pistolet, Apolline se plaça à califourchon au-dessus de son bassin. Puis, elle descendit lentement en ployant les genoux, jusqu'à ce que la virilité dressée la pénètre jusqu'au plus profond d'elle-même…

*

* *

– Je viens avec vous ! décréta Géraldine Hébert d'une voix ferme, à l'entrée de la cour.

– Il n'en est pas question ! répliqua Boris Corentin, sur un ton encore plus ferme. J'y vais avec Mémé, toi tu restes là !

– Et pourquoi ? voulut savoir sa coéquipière. Parce que je suis une gonzesse, c'est ça ?

– Non, c'est pas ça et tu le sais très bien ! répondit Corentin d'un ton tranchant. C'est parce qu'il faut que l'un de nous trois reste en arrière-garde pour empêcher d'éventuelles fuites par la rue, et parce que, en tant que chef de cette équipe, j'ai décidé que ce serait toi. Maintenant ça suffit !

Mouchée, Géraldine se le tint pour dit. Elle s'offrit tout de même le luxe de prendre une mine renfrognée, tandis que les deux hommes traversaient la cour en direction de ce qu'un locataire complaisant leur avait indiqué comme étant le passage menant à l'atelier d'Apolline Vinteuil.

Au bout du passage couvert en question, les deux policiers découvrirent une seconde cour, beaucoup plus petite, très sombre, sur laquelle ne s'ouvrait qu'une seule porte à double battant, très large, en métal dans le bas et verre dépoli au-dessus.

– Qu'est-ce qu'on fait ? souffla Aimé Brichot, en imitant Boris Corentin, qui venait de sortir son arme de service de son étui. On sonne et on se fait passer pour des livreurs ?

Corentin ne répondit rien. Pour la bonne raison qu'il ne savait pas trop quoi répondre. Malgré lui, par simple réflexe, sa main se posa sur la grosse poignée métallique et appuya dessus.

Il fut très surpris de constater que la porte s'ouvrait sans la moindre résistance…

*

* *

S'appuyant d'une main sur la poitrine maigre de son partenaire forcé – l'autre tenait toujours le pistolet –, Apolline montait et descendait le long du membre rigide qui lui expédiait des ondes de plus en plus délicieuses dans tout le corps. Comme les fois précédentes, elle sentait l'orgasme monter en elle avec une puissance lente mais irrésistible.

– Police ! Mademoiselle Vinteuil, ne faite aucun geste inconsidéré sinon je serai dans l'obligation de tirer ! tonna la voix masculine dans son dos.

Instantanément, Apolline s'immobilisa, le pistolet dissimulé contre sa poitrine, la verge de Xavier toujours fichée au profond de son intimité étroite et brûlante.

Un calme étrange descendit sur elle. En une fraction de seconde, elle sut que tout était terminé et, paradoxalement, elle en ressentit un intense soulagement. L'idée étrange la traversa qu'elle allait *enfin* pouvoir se reposer.

Et elle ne fut même pas surprise de ressentir une sorte de gratitude envers cette voix, dans son dos, qui venait, en quelque sorte, de prendre sa vie en charge – ce fardeau dont elle était incapable de se débarrasser seule.

– Mademoiselle Vinteuil, reprit la voix, un ton en dessous, veuillez descendre lentement de ce lit, je vous prie. Et sans aucun mouvement brusque... Tout se passera bien si vous êtes raisonnable...

Apolline se sentait toute prête à obéir à cette voix masculine agréablement virile. Elle ne demandait pas mieux, même. Seulement, elle se sentait chagrine de ne pas finir ce qu'elle avait entrepris. De trahir la promesse solennelle qu'elle avait faite à Damien, huit ans plus tôt.

Avec des mouvements très lents, comme il lui avait été demandé, elle enjamba le corps ligoté de Xavier, mais en prenant soin de toujours rester le dos tourné à la porte, afin de dissimuler son arme, serrée entre ses deux seins.

– C'est très bien, l'encouragea la voix mâle, de plus en plus calme. À présent, descendez du lit et éloignez-vous de deux mètres sur la droite…

Alors, au lieu de continuer d'obéir docilement, Apolline se jeta en avant, vers la tête du lit, tout en se retournant. Elle entoura le cou de Xavier de son bras gauche, plaqua sa tête contre sa poitrine et, d'un même mouvement, lui enfonça le canon de son arme dans la bouche.

– Merde ! souffla Aimé Brichot, alors que Corentin et lui venaient de dépasser la moitié de l'atelier et ne se trouvaient plus qu'à quatre ou cinq mètres du lit.

– Mademoiselle Vinteuil, il vaut mieux arrêter, maintenant… dit Boris d'une voix très calme, presque douce. Vous le comprenez, n'est-ce pas ? Rien de ce que vous pourrez faire ne vous rendra jamais Damien, et vous le savez… Même si je peux comprendre ce qui vous a poussée à tout cela…

En voyant deux grosses larmes dévaler le long des joues pâles d'Apolline, les deux policiers purent croire qu'ils venaient d'emporter le morceau.

– Je sais que vous avez raison, dit alors la jeune femme, d'une voix tellement détimbrée qu'elle en devenait presque effrayante. Seulement, voyez-vous, je ne suis pas libre : je me suis engagée par une promesse solennelle… Damien ne comprendrait pas si… Je suis fatiguée de tout cela, vous savez… Mais j'ai promis… j'ai promis…

Boris Corentin vit l'index d'Apolline Vinteuil se crisper sur la queue de détente, et il sut, avec une atroce certitude, qu'elle allait tirer.

Et il ne pouvait rien faire.

Le coup de feu résonna de façon formidable dans l'atelier au haut plafond.

Les deux policiers virent la calotte crânienne du malheureux Xavier Lepoitevin exploser littéralement, et Apolline Vinteuil se couvrir de son sang.

Tétanisés, comme s'ils étaient eux-mêmes englués dans une sorte de cauchemar, ils virent la jeune femme déposer soigneusement son arme à côté du cadavre de son ultime victime, puis se lever du lit.

Lentement, elle se mit à avancer vers eux d'une démarche de somnambule, lentement, les yeux absents.

Son corps nu, pâle et ensanglanté, semblait celui d'un spectre reprenant le chemin familier des enfers, sa macabre mission enfin accomplie.

Chapitre XIII

– Bon, ben… on va peut-être pas le laisser se dégazer tout seul, si ? fit Justine Sandillon, avec une gaîté et un entrain un peu « surjoués », en saisissant sa flûte de champagne sur la table basse.

Autour d'elle, les trois autres personnes présentes dans le salon de Géraldine Hébert l'imitèrent, mais en silence et sans qu'aucun d'eux ne se déride.

Depuis quatre jours, Boris Corentin, Aimé Brichot et Géraldine Hébert avaient, comme l'avait exprimé cette dernière, le moral « dans les chaussettes ».

Très précisément depuis le moment où, sous les yeux de Corentin et Brichot, Apolline Vinteuil avait tiré une balle dans la tête de Xavier Lepoitevin.

Menant ainsi jusqu'à son terme la série des six assassinats qu'elle avait froidement et méthodiquement programmés depuis plusieurs années.

À seule fin de venger un mort, Damien Saint-Valdor, que seule son imprudence et sa saoulographie avaient tué, un soir où il s'était pris pour un personnage de Tolstoï.

– Ils étaient quand même en grande partie responsables... murmura soudain Géraldine Hébert.

Elle n'avait pas besoin de préciser à qui elle pensait, sachant bien que ses deux collègues ne pensaient pas à autre chose, eux non plus, depuis quatre jours que l'affaire Apolline Vinteuil était terminée.

C'est parce qu'elle avait compris que son amie et les deux autres broyaient plus ou moins du noir que Justine Sandillon avait insisté pour leur offrir le champagne chez Géraldine. La raison officielle était que l'article retentissant qu'elle venait de publier dans son journal sur cette affaire lui avait valu d'être nommée grand reporter.

Mais, à présent, à contempler les mines lugubres des trois autres, elle se demandait si elle avait vraiment eu une bonne idée...

– On n'a servi à rien, murmura sombrement Boris Corentin, en sifflant d'un coup son champagne, sans même en sentir le goût. On a été en dessous de tout.

– Alors, ça, c'est pas vrai ! s'insurgea sincèrement Justine. Si vous n'aviez pas été là...

– Si on n'avait pas été là, *quoi* ? demanda amèrement Aimé Brichot, en remontant nerveusement ses lunettes.

Justine Sandillon ouvrit la bouche puis la referma. Évidemment, s'ils n'avaient pas été là, Apolline Sandillon n'aurait pas tué une personne de plus, puisqu'elle était arrivée au bout de sa liste…

Actuellement, la sextuple meurtrière était entre les mains des experts psychiatres chargés de déterminer si elle pouvait être considérée comme responsable de ses actes ou non. Lorsque les policiers l'avaient interrogée, elle n'avait fait aucune difficulté pour tout leur raconter par le menu, sans chercher le moins du monde à minimiser ce qu'elle avait fait.

Lorsqu'Aimé Brichot lui avait demandé dans quel but elle avait arraché une page de la nouvelle de son frère, dans la revue *Tours Littéraires*, chez chacune de ses victimes, elle avait calmement répondu :

– Parce que je voulais qu'ils disparaissent totalement, même là… Surtout là !

À la fin de l'interrogatoire, elle avait eu cette phrase qui avait fait froid dans le dos à Boris Corentin et Aimé Brichot :

– Je suis sûre que, *maintenant*, mes toiles vont s'arracher et que ma cote va grimper en flèche !

Parce qu'elle souffrait de voir son amie Géraldine

en plein pot-au-noir, et aussi les deux hommes, auxquels elle commençait à s'attacher vraiment, Justine Sandillon décida de changer d'angle d'attaque.

– Bon, d'accord, vous vous êtes plantés, admettons ! dit-elle, en remplissant d'autorité les quatre flûtes vides. Et alors ? Raisonnons froidement : lorsque vous êtes entrés en piste, si j'ose dire, quatre des six victimes étaient déjà mortes, d'accord ? Et ensuite ? Ensuite, vous vous êtes trouvés face à une fille qui organisait son coup depuis des années, minutieusement, sans négliger aucun détail, alors que vous, il vous est resté trois ou quatre jours pour tout piger et empêcher les deux derniers meurtres ! Mais le miracle, ç'aurait été que vous réussissiez, je vous le dis, moi !

Il y eut un assez long silence, avant que Géraldine ne laisse tomber :

– Il faut reconnaître que Justine n'a pas tort...

– Ben tiens, évidemment ! appuya celle-ci. Et vous voulez que je vous dise ? Si vous continuez à flipper comme je vous vois, ça va vous envahir l'esprit et, du coup, vous ne serez pas au top pour votre prochaine affaire. Par conséquent, votre petite déprime frise la faute professionnelle !

Boris Corentin fut frappé par le raisonnement. À la fois par sa cocasserie et par ce qu'il contenait de vérité. Il releva lentement la tête et, pour la première fois depuis quatre jours, un mince sourire se dessina sur ses lèvres et parut rallumer son regard.

– Évidemment, on peut voir les choses comme ça… commença-t-il.

– On ne *peut* pas : on *doit* ! martela Justine, en tapant du pied par terre comme une gamine en colère.

– Ah mais si c'est une obligation, il n'y a plus qu'à se soumettre alors ! observa Géraldine Hébert, avec un petit sourire en direction de son amie.

– Oui, bon, admettons, fit Boris Corentin, qui semblait reprendre également du poil de la bête. Mais il va me falloir plus que des arguments aussi tordus pour me convaincre.

– Oh ! mais des arguments, j'en ai d'autres, mon cher Boris, et beaucoup plus difficiles à repousser… répondit Justine, sur un ton câlin.

Géraldine Hébert fronça les sourcils et pointa l'index vers son amie :

– Dis donc, espèce d'affolée de la touffe : j'aimerais bien que tu ne profites pas honteusement de la situation pour essayer de dévoyer mon Grand chef ! Sinon, c'est la baston direct, et je te massacre les parties nobles, je te préviens !

– Tiens, on dirait que notre amie Géraldine va

mieux, nota Aimé Brichot : elle est en train de retrouver sa classe et son élégance naturelles…

Après une seconde de silence, les deux jeunes femmes éclatèrent de rire en même temps, sous les regards attendris des deux hommes.

Achevé d'imprimer sur les presses de

BUSSIÈRE

GROUPE CPI

à Saint-Amand-Montrond (Cher)
en décembre 2007

VAUVENARGUES - 14, rue Léonce Reynaud - 75116 Paris
Tél. : 01-40-70-95-57

— N° d'imp. 72140. —
Dépôt légal : janvier 2008.

Imprimé en France